# LIVRARIA DE BEBIDAS MOON GLOW

# LIVRARIA DE BEBIDAS MOON GLOW

달 드링크 서점
THE BOOKSTORE FOR DRINKING MOON GLOW


**PANINI GROUP**
CEO América Latina: Ivam Faria
Diretor de Publicação e Licenciamento: Marco M. Lupoi

**PANINI BRASIL LTDA.**
Diretora de Marketing e Editorial, Colecionáveis e Publicações: Martina Limoni; Diretor Administrativo e Financeiro: Fábio Trigo Martins; Diretor de Distribuição: Gilberto Finotto Gil; Gerente Editorial: Guilherme Kroll; Especialista de Licenciamento: Sandra Fujishiro; Editor: Pedro Catarino; Assistente Administrativa: Bruna Tiemi Okubo; Analista de Marketing Sênior: Camila Fernandes Martins; Gerente de Distribuição: Genésio Cruz Oliveira Jr.; Coordenador de Inteligência Comercial: Rodrigo Felipe Lucizano.

**PUBLICIDADE:**
comercial@panini.com.br

**ASSESSORIA DE IMPRENSA:**
assessoriadeimprensa@panini.com.br

**PLANEJAMENTO E CONTROLE DE PRODUÇÃO**
Gerente Industrial: Edson Aprijo de Farias
Esta publicação foi impressa na Gráfica Corprint. Distribuída em todo o país por PANINI BRASIL LTDA. "LIVRARIA DE BEBIDAS MOONGLOW" é uma publicação especial da Panini Brasil Ltda. Administração e Publicidade: Alameda Caiapós, 425 - Tamboré - Barueri - CEP 06460-110 - SP - Brasil. CEP 05078-100. Fone/fax: (11) 3024-7707.
Edição brasileira: Panini Brasil Ltda.A

**Dados Internacionais de Catalogação na Publicação (CIP) de acordo com ISBD**

D682l Dong-won, Seo

Livraria de Bebidas MoonGlow / Seo Dong-won ; traduzido por Luana de Santana Bordalho e Ana Paula Souza. – Barueri, SP: Panini Brasil, 2025.

240 p. ; 16cm x 23cm.

ISBN: 978-65-259-3576-8

1. Literatura. 2. Escolhas de vida. 3. Memórias. 4. Livros. 5. Bebidas. I. Bordalho, Luana de Santana / Souza, Ana Paula. II. Título.

2025-1417 CDD 800
CDU 8

**Elaborado por Vagner Rodolfo da Silva - CRB-8/9410**
**Índice para catálogo sistemático:**
1. Literatura 800
2. Literatura 8


Lançamento: Junho/2025.

**PRODUÇÃO EDITORIAL**
Reação Consultoria, Diretor: Luiz Fernando Pedroso
Editora-chefe: Chiara Ciodarot
Editora: Elimar Souza
Diagramação e capa: Sara Vertuan
Tradução: Luana de Santana Bordalho / Ana Paula Souza
Preparação de texto: Luiz Henrique Soares
Revisão de texto: Equipe Reação

PANINI BOOKS

MISTO
Papel | Apoiando o manejo florestal responsável
FSC® C119624
FSC www.fsc.org

www.panini.com.br
@paninibooksbr

Seo DongWon

# Livraria de Bebidas Moon Glow

## Onde as coincidências viram destino

Tradução

Luana de Santana Bordalho
e Ana Paula Souza

Panini
Barueri, 2025

# SUMÁRIO:

# O COMEÇO DA HISTÓRIA

Escondida entre prédios agitados, mesclando-se perfeitamente à serenidade de uma paisagem natural, ou destacando-se como a única cafeteria à beira de um parque – essa loja poderia estar em qualquer um desses lugares.

— Estou dizendo que, apesar do que parece, eu sou da Lua. Entendeu? Quero dizer que ninguém consegue entender o que estou sentindo.

A mulher caída sobre a mesa estava completamente alcoolizada. E o álcool que fazia sua cabeça latejar devia ser a causa dessa conversa sem sentido.

— Babacas. Gente ruim! Que se dane a vida em sociedade! Que vocês todos congelem até a morte!

Era o que bêbados costumavam falar.

Quanto mais educada e sorridente, maior era a chance de a pessoa deixar poeira acumular nos seus sentimentos mais íntimos, como se fossem livros abandonados em um sebo. Do tipo que usava uma máscara tão dura quanto concreto – a mulher também pertencia a essa categoria de pessoas.

— Humpf…

Estranhamente, no topo de sua cabeça, orelhas longas como as de um coelho se balançavam.

— Depois de ter me esforçado tanto!

Assim que ela gritou, perdendo a cabeça, imediatamente desatou a chorar. Provavelmente havia sido demitida. Como entrou sozinha na loja, a única companhia que restava enquanto bebia era o próprio bartender.

Calmo e silencioso, o bartender de cabelo azul ouviu suas frustrações. No peito, pendia um crachá com o nome "Moon".

— Eu acredito.

Os lábios dele, até então imóveis, de repente se abriram. E o que disse foi algo ainda mais inesperado:

— Que você é da Lua e que é uma coelha bem forte também.

*Eu falei que era uma coelha forte também?*

Erguendo com dificuldade a cabeça, consideravelmente mais pesada que o normal, ela olhou nos olhos do bartender.

*Paft!*

O bartender colocou algo sobre a mesa. Era um crachá com o design exatamente igual ao dele.

— Quer tentar trabalhar aqui?

Uma oferta de emprego prontamente feita por alguém que acabara de conhecer? Era inacreditável. Ela nem tinha como saber suas intenções. Mas também não havia em si qualquer desejo de recusar a proposta. Esse era o nível do seu desespero.

— Quero, sim! Sério, sou ótima em trabalhar. Qualquer que seja o trabalho duro, pode contar comigo.

De olhos arregalados, a mulher concordava repetidamente com a cabeça. Será que ele já esperava por sua visita? No crachá que acabara de receber, lia-se: "Coelha da Lua".

# 1

# Se a sua vida fosse um livro

— Pareço um idiota.

Barba áspera destoando do terno arrumado, cabelo amarrado firmemente para trás: o humor de Dae-il não estava nada bom hoje. Por causa disso, seu olhar já costumeiramente assustador parecia também lançar facas recém-amoladas.

*Se soubesse que era um bar, nem teria entrado...*

Dae-il saiu do estúdio assim que a noite mergulhou na escuridão profunda da madrugada, como em qualquer outro dia comum. Se houve algo fora do comum naquele dia, foi a descoberta de uma nova loja em um beco onde raramente havia presença humana.

Normalmente, seria o tipo de lugar que ele deixaria para trás sem pensar, murmurando apenas que lojas abertas ali logo entrariam em falência. No entanto, por causa do slogan do estabelecimento, olhou para trás mais uma vez.

"SE A SUA VIDA FOSSE UM LIVRO..."

Para ele, forçado a engolir somente o apelativo e o intuitivo, a frase evocava uma nostalgia que há muito não sentia. Olhando com um pouco mais de atenção, notou que o exterior da loja se assemelhava ao de livrarias frequentadas por ele na infância.

Quando era mais novo, tinha até lido um livro inteiro de uma só vez após entrar na livraria despretensiosamente. Mesmo que não tivesse comprado nada, a senhorinha do local sempre o cumprimentava amistosamente. Junto a cada recordação que surgia, um calor brotou em seu peito, queimando sua garganta e derretendo o corpo endurecido pela frieza. Lentamente, levantou a cabeça e logo avistou o enorme painel que nada combinava com a pequena loja.

"LIVRARIA DE BEBIDAS MOON GLOW"

Dizem que não há nada que venda tanto quanto a nostalgia, não é? Dae-il também se deixou levar pelas lembranças e acabou entrando na loja.

— Que tipo de história o senhor gostaria?

Segurando o cardápio, a garçonete se aproximou dele com passos leves. Preso ao seu peito havia um crachá dizendo "Coelha da Lua", e, em sua cabeça, pendiam orelhas de coelho possivelmente presas a uma tiara.

*Aqui não é diferente.*

Dae-il meneou a cabeça em reprovação. Uma funcionária usando orelhas de coelho e um bar fingindo ser uma livraria... No fim das contas, eram apenas produtos de uma civilização moderna apelativa que usava o encanto causado pela nostalgia como um meio de alavancar as vendas.

Quando será que o mundo se transformou completamente assim, tal qual uma comida instantânea? Mais rápido, mais salgado, mais picante do que qualquer outra coisa. Na primeira vez que a tendência de "bem-estar" dominou os meios de comunicação em massa, ele riu com escárnio, sem ao menos perceber. Aos olhos de Dae-il, aquilo era apenas uma ostentação vazia de pessoas que já tinham mais do que o necessário.

Afinal, os produtos que mais vendem são aqueles que temporariamente divertem a língua e nos fazem engordar. E ele não estava falando só de comida.

Park Dae-il. Quando se apresentava aos outros, achava graça em se dizer "artista" em vez de "pintor". Ou, pelo menos, costumava ser assim.

É lindo.

Naquele dia, Dae-il irrompera em lágrimas ao ver uma pintura. Ele também queria fazer esse tipo de arte – uma pintura capaz de confortar alguém. Pensou que aquilo era a epítome de uma verdadeira obra de arte e, ao mesmo tempo, uma história única.

Ele também tinha o seu próprio talento. Se fechasse bem os olhos, conseguia sentir novamente a emoção daquele instante. Quando entrava em sintonia com a agitação que deixava seus nervos à flor da pele e fazia seus dedos formigarem, colocando suas emoções para fora, logo se encontrava diante de uma obra de arte. Mas isso era só o começo da história.

Certo dia, o responsável pela sua exposição franziu o cenho e disse a ele:

— Dae-il, esse tipo de coisa não está vendendo bem hoje em dia.

Dae-il ficou perplexo. Tinha pintado com um simples desejo de que sua arte pudesse servir de consolo a alguém. Mesmo que não vendesse, ele amava a sua pintura. Cada vez que ficassem em frente à tela e fossem tomados por recordações distantes, poderiam retornar àqueles momentos que outrora marcaram suas vidas. Por isso, mesmo que precisasse pagar, participava de exposições. Porém, quanto mais participava, mais sua vida desmoronava.

*Ah, eu errei.*

Quando já não tinha dinheiro nem para comprar a tinta mais barata, decidiu aceitar a realidade. Foi então que passou a focar nos produtos que mais vendiam.

"A FRAQUEZA DO PERFECCIONISTA", "O LOIRO FATAL QUE NÃO CONSEGUE DORMIR", "O PRAZER DO MANÍACO", "O CORAÇÃO ATORDOADO QUE FLERTA COM O ADULTÉRIO"...

Como se fossem uma coisa só, todos brilhavam ofuscantes no momento em que prendessem seu olhar. Eram eletrizantes. Mas somente isso. Provocavam um impacto forte, como dinamite em suas emoções, explodindo tudo até não sobrar mais nada.

Seja a "moral da história" ou o "conforto" que ela traz, tudo foi deixado para trás e tratado como ultrapassado. A única coisa que Dae-il podia fazer era reprimir o desconforto que o sufocava lá no fundo.

*Quem diria que chamariam isso de "história"...*

Foi como se uma mão áspera e enorme o agarrasse pela nuca e o arremessasse na escuridão do fundo do poço.

E, agora, ele sentia a mesma impressão de antes.

É um absurdo compararem drinks com histórias.

Ele olhava com repulsa para o cardápio nas mãos da funcionária.

— Esse é ambientado no Velho Oeste... Esse é no espaço. E esse é sobre uma Terra alternativa.

A funcionária com orelhas de coelho apontava para cá e para lá no cardápio enquanto seguia com sua explicação. Seria por causa da temática de livraria do bar? Fora as orelhas de coelho, não via mais nada de distintivamente apelativo na garçonete.

Não usava fantasia de coelhinha, nem delineado forte ou batom vermelho. Parecia ser a neta da senhorinha da livraria: simples, de cabelo liso e comprido.

— Nem uma coisa nem outra.

— O que disse?

Vendo que as palavras saíram de sua boca sem que percebesse, Dae-il apontou de qualquer jeito para um item aleatório do cardápio. A garçonete disse:

— "Menino que muito vê". É isso o que o senhor deseja?

Quando ele apenas assentiu, em vez de responder com palavras, a garçonete apertou os olhos num sorriso e se virou em seguida para o bartender.

*Acabei falando besteira de novo.*

Propositalmente, evitara os lugares que ficavam de frente para o bartender, porque não queria conversar com uma pessoa completamente desconhecida. Seu único meio de comunicação com os outros era a pintura.

Dae-il olhou para trás e se atentou a cada detalhe do interior da loja. Não se sentia à vontade conversando com estranhos, mas também não odiava conhecer lugares novos. Às vezes, coisas novas o inspiravam. Estivera correndo como um louco nos últimos dias e, por isso, não tivera a oportunidade de explorar os arredores livremente. No entanto, assim que entrava em um lugar bacana, sentia-se mais leve.

*Quando é que um lugar desses surgiu por aqui?*

A iluminação fraca, emitida pelas luzes no centro do espaço escuro, conferia um charme ao lugar que logo chamava a atenção. Graças à decoração interna de madeira, também se tinha a sensação de estar em uma biblioteca.

*Mas as bebidas no lugar de livros nas prateleiras quebravam um pouco o encanto.*

Por não haver nenhum cliente além dele mesmo, Dae-il pôde relaxar pela primeira vez em muito tempo. Quem diria que outro lugar além do seu próprio estúdio conseguiria trazer essa paz ao seu espírito? Quando lembrou que era obrigado a pintar coisas que não eram do seu feitio, achou o lugar ainda mais confortável do que o seu estúdio.

Por um momento, Dae-il deixou o tempo passar, perdido em pensamentos. *Tique-taque, tique-taque.* Junto com a sensação de que o ponteiro dos segundos no relógio de parede ficava cada vez mais devagar, veio uma exaustão que tomou conta de seu corpo. Parecia que ficava mais perto de adormecer profundamente a cada piscar de olhos. *Será que já estou sonhando?* Seus sentidos estavam tão entorpecidos que considerou essa possibilidade.

*Clank!*

Deu um pulo. Um barulho estrondoso, muito perto de seu ouvido, fez Dae-il se encolher. Logo depois, engoliu a saliva que escorrera com um *chup*, observando os arredores instintivamente. Tinha certeza de que o som viera de algum lugar logo abaixo de seu ouvido, mas, estranhamente, não havia ninguém por perto.

— Aqui está a história que o senhor pediu.

O dono da voz de tom suave era um bartender de cabelo azul-escuro. Diante de si, ele havia deixado uma taça comprida em formato cilíndrico.

— *Hra-hrum* — pigarreou Dae-il.

Para não deixar óbvio que tinha cochilado, exagerou nos gestos. Levantou-se do assento e caminhou com dignidade e determinação. Aproximou-se de onde a taça havia sido deixada, puxou a cadeira e se sentou com cuidado, evitando amassar o terno. Ficou satisfeito com a própria atuação de que estava completamente acordado. Ainda contente com isso, estendeu a mão para pegar o copo de vidro – e só então percebeu.

*Era só eu ter esperado na mesa!*

Se tivesse ficado quieto em seu lugar, a garçonete teria levado o copo até sua mesa. Por parecer não saber seguir as formalidades esperadas naquela situação, acabou ferindo o próprio ego em vão. Podem questionar sua lógica, dizendo que não há etiqueta a ser seguida em um bar, mas, para Dae-il, essa era uma questão muito importante. Sendo assim, aproveitando que já estava fingindo ser quem não era, decidiu continuar a atuação até o fim. Como se tivesse a intenção de puxar conversa com o bartender desde o começo.

— Aqui é bem aconchegante — disse Dae-il após erguer a taça. Seria por causa do nervosismo? Sua voz falhou em meio à fala.

— Obrigado.

O bartender de cabelo azul-escuro respondeu sem dar muita importância. Felizmente, sua falta de jeito não deve ter ficado tão óbvia. Ao olhar para o crachá do bartender, viu escrito o nome "Moon".

— Imagino que os negócios não andem bem...

Mesmo enquanto falava, sentiu que cometia um erro. Dizer, assim na lata, que os negócios não pareciam ir bem seria, certamente, apenas ofensivo. Sempre era assim. Disparava palavras que decerto deixariam o ouvinte desconfortável. Mesmo que culpasse sua insensibilidade de forma tardia, seus lábios desacostumados a relações interpessoais falavam o que quer que viesse à mente. Ficava tão envergonhado que nem conseguia pensar no que dizer para retomar o controle da situação. Ainda que talvez conseguisse pensar, provavelmente seria quando já estivesse deitado para dormir.

Por causa da aparência assustadora e do hábito de ser brutalmente honesto, Dae-il acabava se tornando alvo de muito ódio infundado. Foi também por esse motivo que, na época da escola, os livros e as pinturas eram seus únicos amigos.

— Sim, não somos o tipo de lugar que tem uma clientela muito grande — respondeu Moon com um sorriso discreto.

Seria porque fazia parte do trabalho do bartender saber lidar com vários tipos de pessoas? Não viu qualquer sinal de desconforto em seu rosto.

— Graças a isso, posso trocar várias ideias com os clientes.

Ele olhava para Dae-il como se estivesse conversando com um amigo. Dae-il, por outro lado, achava aquilo estranho e desconfortável. Seus lábios tremeram ainda mais e, novamente, acabaram se abrindo por vontade própria:

— Se o senhor continuar desse jeito, com certeza vai passar por dificuldades. Não importa o quanto se goste do trabalho – quando as coisas apertarem, tudo acaba desmoronando.

Dae-il estreitou os olhos. Era um hábito que adquirira para não deixar transparecer seu nervosismo. Mesmo que estivesse gritando "Pare, pare! " a si mesmo por dentro, sua boca continuava falando:

— Ah, mas a história é outra, se o gosto da bebida for realmente maravilhoso.

Inicialmente, pretendia tomar um gole e dizer: "Ah! Mas como as bebidas aqui são boas, a situação vai melhorar logo, logo! " No entanto, as palavras escaparam antes mesmo que seus lábios tocassem o copo, e seu cérebro deu pane, soltando uma frase que mais parecia saída da coluna de um crítico gastronômico. Sem nem mencionar sua intolerância ao álcool: era a pior de todas.

— Aproveite com moderação.

O bartender continuava sorrindo tranquilamente. Dae-il tentou manter uma aparência ainda mais assustadora, mas, por dentro, parecia que ia morrer de tão mal que se sentia por tratá-lo assim. Queria terminar a bebida logo e ir embora da loja.

Pegou o copo sem demora. Não gostava do cheiro de álcool, então estava pensando em fechar bem os olhos e entorná-lo todo de uma vez. Mas mudou de ideia assim que olhou para dentro do copo.

— O que seria isso?

No copo de vidro translúcido, a bebida se dividia em camadas coloridas, parecendo um arco-íris. Quando viu que, mesmo se sacudisse um pouco, as cores não se misturavam, Dae-il ficou totalmente encantado.

— Aqui está o que o senhor pediu, "O menino que muito vê". Se começar pelo topo e for saboreando as camadas uma a uma, terá uma experiência ainda mais satisfatória.

Era um coquetel muito bonito. As ondulações em cada camada colorida continham luzes oníricas que atraíam até mesmo o interesse de Dae-il, que não gostava de beber. Cores que oscilavam, belas, ao seguir o balanço do copo. Dae-il estava tão encantado que pensou: *Sendo uma dessas, não tem problema chamar de "história".*

— Parece estar deliciosa.

Dava até pena de beber. A camada no topo tinha um leve tom de verde-esmeralda. De forma impressionante, parecia estar se ondulando com uma leve brisa. Pensando que estivera certo em entrar naquela loja desconhecida, Dae-il ergueu a taça com cuidado.

*Blergh, o que é isso?!*

Todo o encantamento que sentia virou do avesso assim que colocou os lábios na bebida. Um gosto amargo de vômito preencheu toda a sua boca. Parecia que tinha bebido água do esgoto. Apressava-se para cuspir quando, de repente, cenas que não reconhecia atingiram-lhe a cabeça.

Uma criança nasceu. A criança de pernas fortes virou um menino e passou a gostar de futebol. Não, a amar. Quando o suor escorria, ele ficava sem fôlego... Se tivesse aguentado mais um pouco e esticado a perna, o menino teria sido o herói do campo. Não conseguia esquecer o momento em que fora derrotado na "Copa do Mundo Árvore dos Sonhos", uma competição destinada a crianças pequenas.

Mas um infortúnio aconteceu sem qualquer presságio. O dia em que o menino dormiu demais. O menino, dentro do táxi que pegara após perder o ônibus para a competição, ressentia-se profundamente da mãe. A birra de uma criança imatura. Como poderia saber que aquela birra seria a última?

Foi um acidente de trânsito. Um acidente comum fadado a acontecer em todo lugar. Justamente com o táxi no qual o menino estava. Felizmente, as pernas fortes do menino ficaram bem. Mas a mãe do menino, que o envolvera com os braços para protegê-lo, acabou falecendo. E não foi só isso. Um caco de vidro atingiu uma região nada boa. As pupilas do menino, capaz de guardar tantas lembranças, perderam sua luz. O menino que não conseguia enxergar acabou também não conseguindo jogar futebol, e seu sonho de infância foi despedaçado.

— Ai! Ai!

A sensação desagradável que percorria sua coluna foi aos poucos se dissipando. Sua garganta estava tão seca que parecia prestes a pegar fogo. A bebida que estava na sua boca tinha sido engolida em algum momento. Dae-il encarou o bartender, explodindo de raiva.

— O que você colocou aqui?!

— Inseri a história do menino.

Continuava com a mesma expressão tranquila, o que só intensificou a raiva de Dae-il.

*O que diabos ele me deu?*

O motivo de Dae-il se referir a pinturas como "histórias" era porque, mesmo olhando para uma só pintura, cada pessoa pensa em momentos diferentes. E não se tratava de cobrir o rosto com algo apenas para ter a ilusão de estar vivenciando a realidade virtual diretamente.

*Será que colocaram alguma droga ou algo do tipo no coquetel?*

Olhou em volta, de um lado para o outro, com as mãos tremendo. Quanto mais o tempo passava, mais seca ficava sua garganta. Se continuasse assim, ia acabar morrendo de verdade. Queria beber qualquer coisa para tirar o gosto.

— Me dá pelo menos uma água!

— Se quer uma bebida, dei uma ao senhor agora há pouco.

Dae-il queria gritar. Mas por causa da secura que parecia queimar sua garganta, não conseguia. Será que o bartender tinha ficado com raiva por Dae-il ter insultado sua loja? Não era possível, porque a bebida fora entregue antes mesmo de começarem a conversa.

Imaginava coisas absurdas para tentar compreender a situação em que estava. O bartender diante de si era, na verdade, um assassino. Não teria aproveitado um momento sem clientes para envenenar quem entrasse na loja?

— P-por favor!

Se não bebesse qualquer coisa que fosse, sentia que morreria imediatamente. Não dizem que ficamos humildes à beira da morte? A raiva mudou para medo em um só instante. Nesse momento, o único que poderia socorrê-lo era o bartender à sua frente.

— A segunda camada vai ser bem suave.

O bartender apontou para o copo. A camada verde-esmeralda tinha desaparecido completamente do copo de vidro. A próxima camada era um vermelho vivo. Só olhando já parecia sinistro.

— Água...!

Já estava quase no limite. Parecia que tinham espetado suas narinas com uma enorme quantidade de pimenta. Não estava mais raciocinando direito, e só havia uma coisa que poderia beber.

*Como a cor é diferente, pode ser que fique tudo bem mesmo.*

Expulsando aqueles pensamentos intolerantes, Dae-il colocou a segunda camada do copo em sua boca.

— Ah.

O gosto lembrava o de leite gelado batido com um morango inteiro. A dor lancinante foi aliviando aos poucos. Junto dessa sensação de alívio, tal como antes, algo atingiu sua cabeça.

A ferida profunda cicatrizou com o tempo. E a vida do menino também foi voltando ao normal. Mas, assim como sua visão não voltava, certa tristeza ainda permanecia no dia a dia do menino. Depressão e letargia extremas. O pai do menino se empenhou incansavelmente para salvar aquela criança. Será que compreendia o que o menino sentia? O menino aprendeu a conviver com a tristeza. Mas o pai não era o único que lutava pelo menino.

A amiga de infância do menino. Ao contrário das outras crianças, que se afastaram dele, ela sempre esteve ao seu lado.

Não era fácil conviver com o menino endurecido pelo acidente. Mas, havia algo que amolecia o seu coração, e esse algo era o piano.

A amiga de infância do menino tocava piano muito bem. O menino, que sempre ficara apenas ouvindo, quis tentar criar sua própria música um dia. A menina atendeu ao seu pedido e cuidou do menino com tanta dedicação que nem parecia ser uma criança.

E assim o tempo foi passando, os dois entraram no ensino médio, e o menino passou a tocar o piano com mais habilidade do que a própria menina.

— Aah… ah.

A tosse excruciante se atenuou. Estava tão intensa antes que fizera brotar lágrimas em seus olhos.

— Você aí.

O olhar de Dae-il se estreitava mais uma vez. Seus olhos já naturalmente ferozes agora continham raiva de verdade.

— A segunda camada estava doce, certo?

O bartender gargalhou como se estivesse genuinamente feliz. Ele parecia estar se divertindo tanto que Dae-il se sentiu inadequado por estar com raiva. Assim como dito pelo bartender, a segunda camada vermelha estava doce. Da mesma forma que o desconforto insuportável se suavizou, o sabor seguinte deixava um gosto aromático na boca. O perfume era tão bom que Dae-il não conseguia tirar as mãos do copo.

— Se estiver me dando algo esquisito… Então, eu vou…

No meio da frase, acabou embolando a língua. O calor que subia das orelhas até a testa dizia que seu corpo já estava embriagado.

Em vez de continuar falando, com a língua se embolando a cada tentativa, Dae-il concentrou toda a força que podia no olhar. Sabia que sua aparência perigosa, às vezes, ajudava bastante.

— É normal bebidas alcoólicas serem meio esquisitas.

Por mais que tentasse intimidá-lo ameaçadoramente, o bartender não aparentava sentir medo algum. Continuava apenas brincando e rindo. Foi então que começou a ficar confuso o real motivo da raiva de Dae-il.

Assim como dito pelo bartender, há vários tipos de bebidas alcoólicas, e algumas delas causavam uma sensação de queimação na garganta. Seria melhor Moon tê-lo avisado antes, mas isso era mera questão de gentileza. Quem escolheu o drink foi o próprio Dae-il, e o bartender apenas o entregou.

— *Hra-hrum* — pigarreou Dae-il, tentando suavizar a voz, agora sem graça por ter se exaltado. — Acabei falando besteira porque estava bêbado. Peço desculpas.

— O primeiro copo costuma ser bem intenso mesmo. Aqui estão alguns petiscos. Por conta da casa.

No prato redondo, havia tomates-cereja pequeninos cortados na metade. Decorados com salada e molho, pareciam até a sobremesa de um restaurante de alto nível. Assim que pensou nisso, Dae-il se lembrou de sua carteira finíssima.

— Sei que estou me adiantando, mas devo dizer que não tenho muito dinheiro.

— Não se preocupe, temos comida suficiente para servir aos clientes. Ocupa a geladeira inteira.

A tensão em seu corpo se dissolveu com a resposta sagaz do bartender.

— Com um atendimento assim, vão ficar famosos rapidinho.

A frase que queria dizer antes finalmente saiu direito agora. Dae-il usou o garfo pequenino para espetar o tomate-cereja ainda menor, e o colocou em sua boca.

— Esse prato também tem algum nome?

— Mas é claro. Chama-se "tomate falante". Faz quem come ficar com vontade de falar sobre si mesmo.

Dae-il riu, descrente do absurdo dito pelo bartender. Essa hospitalidade toda devia ter como objetivo conquistá-lo como cliente fiel, mas algo naquela atitude fazia parecer que ele realmente queria ouvir sua história.

— É como dizem: "nada é de graça", certo?

— Algo assim.

Dae-il não gostava de conversar abertamente com outras pessoas. Ainda assim, sentiu que não ia se importar com isso hoje.

— Eu sou um pintor. Mas estou longe de ser um artista. Pinto apenas aquilo que vai vender. Pinturas provocantes e intensas. A época de recordar momentos preciosos acabou. Até tentei, mas todos me diziam para pintar algo mais brutal, mais forte. Às vezes, quando desenho alguém vestindo trapos, me pego pensando: *O que estou fazendo?*

Dae-il espetava os tomates do prato e comia um por um. Estava chateado com os pensamentos negativos que pareciam sempre cercá-lo.

— Sou um fracassado. Já faz tempo que desisti do meu sonho.

Sentia-se deprimido. O gosto amargo na ponta de sua língua não ia embora, independentemente de quantos tomates comesse. Como bastava dizer uma palavra para a negatividade começar a sair, ele preferia guardar tudo para si. Porque parecia um pote de peixe estragado – abrir só liberaria um cheiro pútrido, sem trazer nada de bom.

— Mas, para um fracassado, o senhor é bem estiloso, né? — disse o bartender, como se quisesse mudar o tom da conversa. Seus olhos estavam voltados para a roupa que Dae-il vestia. Assim como apontado por ele, Dae-il usava um terno impecável.

— Ah, tem um motivo para isso.

— Que motivo?

— Err… Não é nada de mais.

— Gostaria de mais tomates?

— Ah, já vi que você é espertinho.

Dae-il suspirou profundamente. Mas, por dentro, os cantos da boca estavam erguidos, graças ao bartender que, ao contrário das outras pessoas, olhava para Dae-il com uma expressão calorosa, mesmo após ouvir sua história.

— Há uma pessoa que eu amo. Uma vez, há muito tempo, ouvi dessa pessoa que eu a envergonhava.

— Nossa, que coisa.

— Não, fez sentido. Eu andava pela rua bem sujo na época. Por isso, desde então, passei a me importar muito com a aparência. Também passei a seguir regras de etiqueta e formalidade. Isso melhorou a forma como as pessoas me veem, e acabou sendo uma coisa boa.

Dae-il tocou em seu cavanhaque áspero e riu, sem graça.

— Se eu me descuidar só um pouco, tudo vai por água abaixo.

— Mas eu tenho inveja desse cavanhaque, viu? Porque não tenho muita barba.

Dae-il olhou demoradamente para o rosto do bartender. Era jovem para ser o dono de uma loja. Aos olhos de Dae-il, parecia ter uns 26 anos, no máximo.

— Bom, não importa. Ao contrário de você, que abriu uma loja tão novo, eu não consegui realizar o meu sonho, mesmo já tendo passado dos 50 anos.

O bartender conferiu seu relógio de pulso. Por um momento, Dae-il se perguntou se já havia passado dos 50 anos, mas, apropriadamente, deixou tal questionamento de lado. Pensou apenas que a sensação de estranheza se devia ao fato de ter bebido depois de muito tempo.

— O que acha de experimentar essa sensação mesmo que indiretamente?

Os olhos do bartender miravam a mão de Dae-il, fixos no copo de vidro que ele segurava.

— A próxima camada será ainda mais doce.

— Essa é um pouco fina.

— Porque os momentos felizes sempre duram pouco.

Agora, o copo de vidro exibia apenas duas cores. Diferentemente de um terço dele, que era ocupado pela última cor, a segunda camada, de baixo para cima, era particularmente pequena. *Se agora há pouco foi doce assim, quão mais doce será dessa vez?* Com o coração acelerado, Dae-il encostou a boca no copo.

— Hm...

Como se tivesse colocado nuvens fofinhas na boca, gases estouravam de maneira prazerosa e abundante. Passando pela garganta sensível e estimulando a ponta do nariz, a fragrância naturalmente fez um sorriso se espalhar pelos lábios.

O menino que perdera a visão não conseguia ver um objeto colocado imediatamente à sua frente. Mas sentia as vibrações transmitidas pela ponta de seus dedos de forma mais precisa que qualquer um. O som se espalhava quando pressionava uma tecla do piano. Soava diferente dependendo do espaço em que estava. O menino identificava até mesmo vibrações que voltavam depois de bater na parede. Vibrações que aumentavam ou se anulavam ao se juntar eram suas favoritas. O menino pôde ver coisas que não se enxergavam com os olhos e percebeu que as verdadeiras preciosidades não eram visíveis a eles.

A amiga de infância sempre fez companhia ao menino... Mesmo quando este se tornou um jovem adulto, a relação entre os dois permaneceu inalterada. Ele sentia um calor indescritível envolver o seu corpo, e sabia que isso também não podia ser visto com os olhos. Assim, o menino que virou um jovem adulto pediu a menina, que virou uma jovem mulher, em casamento. Ela aceitou com um pequeno sorriso.

Os sentidos extraordinários do menino se destacaram ainda mais quando se tornou adulto. Toda música que criava era amada por muitas pessoas, e virou um musicista tão renomado que ninguém se atrevia a competir com ele.

— Eu poderia beber mais um copo desses?

Assim que a sensação de êxtase recuou, Dae-il não conseguiu esconder a decepção que sentia.

— Se quiser beber mais, terá de esvaziar o copo.

— Será um prazer.

— Senhor Park Dae-il.

Estava prestes a terminar o que restava no copo, mas o bartender o impediu. Ao ver que uma fina frieza maculava a voz antes afável, Dae-il parou a mão que erguia o coquetel.

— A última camada será de um amargor incomparável, até mesmo ao da primeira.

— Mas não é óbvio que uma bebida alcoólica vai ser amarga? E com certeza há algo além de álcool no meio disso tudo, certo? Como meu próximo pedido, vou querer um copo cheio até a borda dessa bebida azul que acabei de tomar.

— Mas continua tendo álcool. O senhor sabe que é preciso evitar beber em excesso.

Dae-il não deu muita atenção ao que o bartender disse. Seu rosto enrubescido pela embriaguez certamente tinha algo a ver com isso.

— E beber tão pouco vai me matar? Já vou beber, então prepare o próximo drink, por favor.

*Gulp, gulp.* Derramou na boca todo o conteúdo do coquetel que restava no copo de vidro. Depois, sacudiu o copo acima da cabeça para mostrar que tinha tomado tudo.

— Que tal? Essa quantidade de álcool…

Quando sentiu um impacto repentino na cabeça, pensou imediatamente que algo estava errado. Mas já era tarde demais para fazer alguma coisa. Ele não dera ouvidos ao que o bartender disse, e bebera o copo todo.

— Cof, cof...

Uma agonia afastava sua sanidade e pressionava todo o seu corpo. Suas mãos não conseguiam parar de tremer.

— O-o que é isso?

As músicas do menino sempre ocupavam o primeiro lugar. Mas, com o passar do tempo, o título de "o melhor de todos" parecia apertar o seu pescoço. A expectativa de seus seguidores se tornara uma pressão enorme fazia muito tempo, e, com o bloqueio repentino que o acometera, estava fadado a ceder o lugar de "melhor de todos" para seus concorrentes.

O menino estava afobado. Os outros não sabiam o que era música de verdade. Apenas ele, que entregava seu corpo às vibrações sem depender sequer de uma fresta de luz, era capaz de entender. Golpeava o piano pensando nisso, mas a situação só piorou. A paixão que transbordava de repente virou desinteresse, e o entusiasmo que inundava seu coração desapareceu sem deixar rastros. Nem mesmo olhava para a mulher amada. Porque o interesse do público era mais importante que o dela.

No fim das contas, ele acabou fazendo até mesmo aquilo que não deveria ser feito. Circulava um boato de que somente quem estava entorpecido em drogas seria capaz de criar músicas fantásticas. Ele tinha dinheiro suficiente, e à sua volta não faltavam interessados. Arranjar drogas não era difícil para ele.

A mulher que o amava impediu. Mas ele já não era mais a pessoa que ela conhecia. Tinha que tomar cuidado até com os objetos que ficavam ao redor dele, pois, se estivesse de mau humor, arremessava-os ao chão.

Será que o boato era verdadeiro? Suas músicas voltaram a fazer sucesso. Ele não temia nem mesmo os policiais, porque já havia comprado alguns deles. Ele sentiu seu coração bater de novo graças ao interesse das pessoas. Não havia rival comparável a ele. Ele se tornara o melhor. O êxtase de estar no topo. Então, ele abriu um sorriso radiante.

Enquanto isso, chegava uma notícia chocante. Um criminoso atacara seu pai. O caso estava envolto em conflitos de interesses complexos. Mas havia uma certeza. Foi um crime cometido por seu amigo movido pelo dinheiro. Não, fora por causa do próprio jovem. Decisões erradas foram se acumulando e acumulando até resultar nisso. Por causa dele, o pai inocente estava em estado vegetativo.

Desde então, o jovem desmoronou novamente. Interrompeu a carreira e, no meio do caminho, passou a viver como se tivesse perdido o juízo. Não diziam que amigos de verdade eram aqueles que ficavam do seu lado nos momentos difíceis? Os amigos que fizera por meio da riqueza olharam para seu estado acabado e simplesmente roubaram o seu dinheiro. Foi assim, nesse instante, que ele foi jogado no inferno.

Não havia ninguém para ajudá-lo. Ele perdeu a mulher que amava quando estava inebriado pelas drogas, e com o pai inconsciente no hospital. Foi como o segundo acidente de trânsito em sua vida. O luto de perder os dois olhos e a mãe o invadiu novamente.

Apenas arrependimentos rodavam a sua mente. Mas já estava tudo feito. Tinha um tremor nas mãos por ter largado as drogas, e não podia nem voltar a tocar piano. No lugar do teclado, segurava uma lâmina cortante deixada pelos amigos, como se para debochar dele. Lentamente, aproximou-a do pulso. E, então, puxou com todas as suas forças.

— Ahh! Pare!!

Seu campo de visão retornava à realidade aos poucos. E mostrava ele próprio ofegando no chão.

— Ahh… ahh…

Dae-il passou a mão no peito e conferiu os pulsos dos dois lados. Não via o sangue jorrando como uma fonte.

— O… o que diabos foi isso?

Suas costas estavam encharcadas de suor. O terno, outrora impecável, agora encontrava-se amarrotado, e até o cabelo, que estivera firmemente preso, despontava em todas as direções. Não tinha cabeça para ser educado. Usava toda a sua força para ignorar que acabara de escapar da morte.

— É como eu havia lhe dito, senhor: a última era amarga. — A voz perfeitamente tranquilizadora.

Ao ver o rosto sorridente do bartender, sentiu um arrepio percorrer seu corpo.

*O que eu estava fazendo?*

Pensou que precisava fugir do bar imediatamente. Precisava escapar. A sirene de emergência de risco de vida soava impiedosamente dentro de sua cabeça.

— E-eu devia ir embora agora. Foi divertido. Então, já… — disse com os lábios ainda trêmulos, enquanto erguia o próprio corpo. — Q-quanto foi? Isso basta?

Retirou a carteira do bolso interno e a colocou sobre a mesa como se a estivesse arremessando. O bartender recolheu com cuidado a carteira abandonada. E então a ofereceu a Dae-il novamente.

— O senhor já pagou.

— Está falando de mim?

O bartender assentiu. Não era hora de discutir. Estava prestes a dar mais um passo quando o bartender voltou a falar.

— Agora é o momento de o senhor escolher.

— Você disse "escolher"? Escolher o quê?

— Escolher quem morrerá.

Morrer. Sentiu choques em todo o corpo ao ouvir essa palavra. Apenas um louco diria para alguém escolher quem deve morrer.

— Basta se dirigir à porta que preferir.

O bartender bateu em seu crachá, indicando a palavra "*moon*" – que pode significar "porta" em coreano. Em seguida, apontou para a porta atrás dele.

— Se desejar morrer no lugar do jovem, dirija-se a mim. Caso prefira deixá-lo morrer, abra a porta de trás.

Parecia até um jogo de palavras. Mandando-o escolher entre a porta ali atrás e a "porta" escrita no crachá. Pensou que talvez escondesse uma faca, e decidiu não baixar a guarda.

Mesmo assim, o coelho que socava algo com um pilão atrás do bartender incomodava Dae-il. Tinha certeza de que, há pouco tempo, era apenas uma garota simples usando orelhas de coelho, agora, porém, via somente uma criatura do tamanho de um humano. Quando seus olhos se encontraram com as pupilas vermelhas do coelho, um som de surpresa escapou de sua boca sem que percebesse.

— Você disse "jovem"? Por acaso está falando do jovem que eu vi na alucinação?

— Sim.

A resposta do bartender foi sucinta. Nem sequer acrescentou qualquer explicação. Era uma resposta que nem fazia sentido. A alucinação que tivera enquanto bebia... Por um jovem que acabara de conhecer e, ainda por cima, por uma pessoa que vira apenas em sonho – quem jogaria a própria vida fora? Mais uma vez, acreditou firmemente que o bartender não batia bem da cabeça.

— Eu... eu também tenho uma pessoa que amo. Tenho um filho!

Seu hábito de falar antes de pensar quando estava nervoso deu as caras dessa vez também. Manteve quieta a boca que tinha vida própria e recuou um passo de forma sorrateira.

— Certo. Então, adeus.

Assim que ouviu essas palavras, Dae-il pensou que deveria apressar o passo logo, antes que o bartender mudasse de ideia. Depressa, correu em direção à porta de trás. Agarrou a maçaneta e girou-a sem dificuldades.

— Aah, ufa.

A porta fez barulho ao fechar. Mas algo estava estranho. Tinha certeza de que havia corrido para fora, mas ainda estava em algum lugar fechado.

— Isso é…

O espaço estava coberto de azulejos pretos e brancos. O corredor que se estendia em linha reta fazia-o se lembrar de uma galeria de arte – também pelas pinturas penduradas em ambas as paredes.

*Ding! Ding! Ding!*

— Ahh!

O bater de um sino atingiu seus ouvidos. Assustado, Dae-il olhou de um lado para o outro como um suricato. Mas não havia nada fora do normal.

— Hm?

Se havia algo estranho, era o fato de a porta que estava atrás dele ter desaparecido. Restava meramente uma parede branca. Também não via maçaneta alguma.

— Será que eu estava sonhando?

Não havia outra opção a não ser seguir adiante. Devagar, Dae-il continuou o caminho.

— As cores parecem familiares.

As pinturas que observara com calma eram de Park Dae-il – obras *suas*.

— Não são as mais recentes.

Não eram imagens provocantes e intensas. Era a época com a qual sonhava. Eram pinturas que realmente se divertira pintando. Olhando para cada uma enquanto andava, sentia-se muito bem. O coração que tremia de ansiedade não existia mais. Graças à força contida nas pinturas, quanto mais andava, mais feliz Dae-il ficava.

— Isso aí. Isso que é uma verdadeira história!

Divertiu-se por um longo tempo enquanto caminhava. Lembranças surgiam uma após a outra. Quando se deu conta de que havia chegado ao final daquele corredor que parecia interminável, sentiu até uma ponta de decepção. O caminho terminara. Só então percebeu.

— Ah…

As pinturas que tanto amava. No fim, estava pendurada a obra mais marcante.

— Aah…

A última obra. Era a pintura que o fizera derramar muitas lágrimas. E apenas agora lembrara. Aquilo não era uma pintura. Era uma foto.

— Não pode ser!

Virou-se e começou a correr loucamente. Na foto, em seus braços, estava um bebê profundamente adormecido. Seu filho. Aquela face redonda se sobrepôs à do menino que vira em seu sonho.

— Não pode ser, não pode ser. Por favor. Eu errei!

Dae-il implorou e implorou. Ficou de joelhos, esfregou as mãos e, encostando-as na parede, lamentou aos prantos:

— Eu vou morrer. Mesmo que seja lançado ao inferno... apenas salve o meu filho. Imploro por este único favor.

Ele chorou, o coração partido. Com lágrimas escorrendo pelo rosto, deu um soco em seu próprio peito e uivou.

— Por favor, por favor.

Quando seu choro preencheu todo o ambiente, enfim ouviu a voz do bartender.

— Tem certeza de que fará isso?

Não via seu rosto, mas aquela voz desenhava naturalmente o descontentamento em sua face.

— Sim, sim. Por favor. Eu lhe imploro.

Ouviu-se o barulho de uma porta se abrindo. A parede, antes completamente plana, agora revelava uma passagem. Assim que passou o pé por ela, voltou a enxergar o bar com aparência de livraria.

— Obrigado, obrigado.

Dae-il se curvou algumas vezes para o bartender. Moon segurou as mãos do homem que ainda chorava incessantemente.

— Você só pode entrar no livro e mudar seu conteúdo apenas uma vez.

Na mesa onde estivera o copo de vidro, um livro agora ocupava o lugar da bebida. Assim como o drink, seu título era *O menino que muito vê*. Dae-il se regozijou como se olhasse para o próprio filho.

— Como faço para mudar?

— O único que pode mudar a história é o próprio dono dela.

O semblante do bartender não demonstrava esperança. Mesmo assim, Dae-il não desistiu. Faria qualquer coisa por seu filho.

— Ouça bem. Por mais que ame seu filho, é impossível. Você é apenas você mesmo. E só ele pode mudar a própria história.

— O senhor está me dizendo que devo convencê-lo, certo? Eu sou bem persuasivo e…

O bartender balançou a cabeça de leve. E enquanto olhava diretamente nos olhos de Dae-il, que esperava a resposta, disse as palavras a seguir:

— Então dê o seu melhor.

O bartender colocou o livro em suas mãos.

— Park Gyeong-min. Entendeu?

*Vuush!*

O chão desapareceu e ele despencou em direção ao nada. De repente, a única coisa que podia fazer era gritar enquanto segurava o livro com firmeza. E assim o momento se passou.

— Aaahh!

O grito a plenos pulmões diminuiu aos poucos. Uma sensação de frio vinha da ponta de seus dedos. Quando se assustou e largou o que tinha em mãos, ouviu o barulho de algo metálico atingindo e rolando no chão.

— O… o que é isso?

Mesmo que virasse a cabeça de um lado para o outro, não conseguia ver nada. Porque ele não enxergava. Por um momento, sentiu um frio percorrer sua coluna. Ainda sem ter recobrado a consciência, recebeu uma ligação.

*Du-ru-ru-tum-dum...* ♬

A música alegre havia sido feita por ele.

— Atenda ao telefone.

A função de reconhecimento de voz do celular conectou-se automaticamente e de forma instantânea à ligação.

— Park Gyeong-min, seu filho da puta! Até quando vai viver drogado?!

— Lee Eun-jeong?

Três sílabas que sua boca não dizia há muito tempo. Era o nome da esposa que o deixara. Estava prestes a aumentar o volume de tão feliz, quando de repente teve um mau pressentimento. Do outro lado da linha, ouviu a voz da mulher entrelaçada com o som de um choro.

— Seu pai, ele faleceu.

— O quê?

O que eram as coisas que tinha visto naquele dia? Muito tempo havia se passado, mas aquele dia ainda estava vívido na sua mente. Um bar que parecia uma livraria. Um bartender estranho e uma garçonete com orelhas de coelho. Momentos em que enxergou pelos olhos de seu pai e pensou como ele. Teria sido tudo um sonho? Ou talvez o último sermão do pai, tentando trazê-lo de volta à sobriedade?

Quando era pequeno, havia crianças que cochichavam olhando para ele, que nada via. Na época, ficou furioso com o pai por permanecer ao seu lado sem necessidade, dizendo sentir vergonha. Ele não sabia – não enxergava. Mas, por causa disso, seu pai passou a se importar demais com a forma como se vestia.

Seu pai não sabia se expressar bem, e as conversas entre eles sempre foram raras. Diante de alguém assim, parecia que ele simplesmente não se importava com o filho. Mas esse pai levantara a voz para o filho ao extravasar, certa vez. Foi no dia que seu pai descobrira que havia trazido drogas para casa em segredo, num momento de bloqueio artístico. Olhara para seu pai falando com agressividade e gritara: "O senhor desistiu do próprio sonho! "

Naquele momento, pensava que as pessoas deviam fazer de tudo pelos seus sonhos. Acreditava que, para ficar em primeiro lugar, era necessário um esforço especial para se destacar dos outros. Talvez pensasse presunçosamente que era uma pessoa especial, e que estava em outro nível quando comparado às pessoas comuns.

Nessa época, via seu pai como um covarde que não conseguia fazer nada. Apesar de tarde demais, percebeu, enfim, que estava completamente enganado. Aquele homem sacrificara o próprio sonho para criar o filho sozinho. Era conhecido por sua persistência. Ao pensar que o pai desistira do sonho e pintava coisas que não queria pintar, sentiu um aperto no peito.

— Pode se sentar aqui. O teclado está bem aqui.

Sentou-se no lugar indicado pela mão da esposa.

— Eun-jeong.

— O que foi?

Chamou-a quando ela já se afastava, após terminar os preparativos, e então ficou imóvel. Sempre seria grato a ela. Não se achava digno de alguém tão incrível como ela. Nem todas as palavras do mundo seriam suficientes para expressar sua gratidão.

— Obrigado...

— "...por tudo e me desculpe"? Aposto que você ia falar isso.

Junto ao som baixo de sua risada, sentiu um choque nas costas. Ela deve ter lhe dado um tapinha encorajador.

— Dê o seu melhor e não fique nervoso, porque estou torcendo por você.

Sentiu uma pontada no peito. Quando era pequeno e tinha uma partida de futebol, era assim que sua mãe o encorajava. Enquanto suas palavras ecoavam em sua mente, assentiu com a cabeça.

— Obrigado.

— De novo isso... Agora eu vou descendo.

E assim a escutou se distanciar. Hoje era o dia em que iria apresentar uma música nova. Estava nervoso. Não por causa do público. Como eles precisavam ficar em silêncio durante a apresentação, pouco importava a quantidade de pessoas.

Respirou fundo.

O motivo para estar nervoso era somente a música de agora. Gyeong-min lentamente colocou as mãos sobre o teclado e sentiu o som atingir seus dedos. Essa música continha a vida de uma pessoa. De seu pai, que desistiu de seu sonho e se adaptou à realidade, mas era a pessoa da qual mais sentia orgulho. Ele fora uma pessoa bem-sucedida.

*Ding!*

Pressionou a primeira tecla com força. Em seguida, a partitura dançou e começou a desenhar seu pai. Ele teria de agradecer ao bartender de cabelo azul-escuro. Porque, se não fosse por ele, nunca teria visto as pinturas feitas pelo pai.

E assim, através dos seus dedos, a vida daquele homem se difundira para as outras pessoas.

2

# Refogado de salsicha

— Bo-reum, pode pegar para mim algumas lágrimas do Coelho das Lágrimas?

Coelha da Lua, que limpava o chão com uma vassoura, fez um biquinho de indignação ao ouvir o pedido de Moon. E então resmungou, curta e grossa:

— Fala isso enquanto está bem ali na frente dele…

Mas só expressava descontentamento fora do campo de visão de Moon. Quando chegou até ele, sua expressão já havia mudado completamente, exibindo um sorriso de orelha a orelha. Coelha da Lua deu a ele a pequena garrafa que retirara da prateleira.

— Por que o senhor vai colocar isso?

— As lágrimas do Coelho das Lágrimas neutralizam a dor das histórias tristes. Para que finais tristes também possam ser bebidos com algum conforto.

Ele abriu a tampa da pequena garrafa e conferiu o conteúdo líquido. Os grãos azul-claros que pareciam miçangas reluziam brilhantes e imediatamente prendiam sua atenção.

— É o bastante.

Assentindo com satisfação, derramou os grãos azul-claros no almofariz gigante.

— Então, por favor.

Ele deu um tapinha no ombro de Coelha da Lua e colocou um bastão enorme na sua mão. Era um pilão que parecia dois tacos de beisebol amarrados juntos. Só de olhar, já parecia tão pesado quanto grande, e também era tão grosso que deixou escapar um suspiro.

— O senhor vai ficar olhando daí?

— Aham. Tenho que ver se está fazendo um bom trabalho.

Sentado em uma cadeira dobrável ao lado do almofariz, ele segurava um livro. Aparentemente, supervisionaria tudo enquanto lia tranquilamente.

Respirou fundo.

Interrompendo sua fantasia de espancá-lo com aquele pilão, usou todas as suas forças para pensar em pontos positivos de Moon.

*Pode ter muita coisa que eu não goste nele, mas, no fundo, é uma boa pessoa.*

Hipnotizando-se com esse pensamento, Coelha da Lua segurou o pilão com mais firmeza.

Puxou o ar com força.

Com um leve grito para potencializar suas forças, suas orelhas de coelho antes caídas se ergueram em direção ao céu. Sobre os braços delicados, claramente cresciam músculos. Suas pupilas ficaram vermelhas chamas acesas, capazes de fazer quem olhasse ficar com vontade de fugir.

*Tum! Tum!*

Começava a moagem de fazer a terra tremer. Tremendo ou não, Moon parecia totalmente relaxado enquanto virava a página do livro.

— Ainda assim, não seria melhor o senhor ficar no balcão? O que fará se um cliente vier?

— Não estou esperando nenhum cliente mesmo.

Um gemido de desânimo escapou sem que percebesse. Já ia fazer um mês inteiro desde que começara a trabalhar com ele. Apenas um mês, mas já dava para saber. Essa loja estava fadada ao fracasso. Desde sua entrada, só haviam atendido dois clientes – sendo que o segundo era filho do primeiro. Pensando bem, só lucraram uma única vez.

*Aff... Tem motivo mais plausível do que esse para os negócios não andarem bem?*

Assim como cada problema tinha sua raiz, a essa altura, Coelha da Lua já sabia bem qual era a razão para os negócios estarem em crise.

— É porque o dono da loja fica encostado ali, sem mover um dedo.

— Hm? Disse alguma coisa?

— N-não!

Ao ver Coelha da Lua levando um susto, soltou uma risadinha e balançou a cabeça. Como tinha os ouvidos muito bons, também a pegara xingando escondido agora há pouco.

— Não devíamos pelo menos fazer alguma divulgação? Tipo, organizar um evento.

— É para isso que estamos nos preparando agora.

As orelhas dela reagiram, empertigando-se. Dentre as coisas que ele já havia dito nesse último mês, fora a que mais lhe alegrara. O rosto de Coelha da Lua se iluminou, e ela olhou para Moon, que apontou para o almofariz.

— As lágrimas do Coelho das Lágrimas. Com isso, os clientes poderão consumir as bebidas com mais conforto. Esse é o evento. Já ia fazer isso de qualquer jeito, porque me incomodou ver o senhor Dae-il sofrer daquele jeito.

— Se tinha se incomodado, deveria ter botado algumas lágrimas na bebida do senhor Park Gyeong-min também.

— Mas o que eu dei para ele não era alcoólico mesmo... Era um desintoxicante.

Se beber demais, a pessoa acaba se assimilando completamente à história. Foi exatamente o que aconteceu com Gyeong-min – confundiu-se a ponto de pensar que era o próprio pai.

O motivo para ele ter recuperado sua memória aos poucos enquanto bebia foi porque sua bebida não continha álcool, mas sim um desintoxicante. A dor que sentira ao beber o desintoxicante era a angústia que já nutria dentro de si.

— O que recebeu como pagamento pela bebida foi a vida do senhor Park Dae-il?

— Como que eu vou ficar brincando com a vida das pessoas?

— Então não foi?

— Ele já estava destinado a morrer. Acabou descobrindo a minha loja por acaso enquanto estava em coma, só isso.

— Então o que recebeu como pagamento pela bebida?

— Você não viu? As fotos e pinturas do senhor Dae-il.

Coelha da Lua ainda não tinha entendido bem como o sistema da loja funcionava. Era natural que surgissem muitas dúvidas.

— Então por que mandou o senhor Park Gyeong-min escolher quem ia salvar enquanto ele achava que era o próprio pai?

— Estava apenas criando uma situação dramática. Eu disse que apenas o protagonista do livro poderia mudar a história. Outras pessoas não poderiam escolher por ele. Assim como o senhor Dae-il, eu também queria que o filho dele fizesse outra escolha, mas, no fim das contas, quem decide é a própria pessoa.

— Se Gyeong-min, que pensava ser o próprio pai, acabasse escolhendo o pai e não o filho, o que teria acontecido? O filho iria simplesmente morrer e o senhor Park Dae-il sobreviver?

— Eu já falei que o senhor Dae-il ia acabar morrendo de qualquer jeito. A única coisa que Gyeong-min podia decidir era sua própria morte. Já disse, foi uma encenação dramática.

Mesmo ouvindo-o falar, ela permanecia confusa. Ainda quebrando a cabeça, Coelha da Lua continuou a se empenhar na moagem.

— Você parece tão tranquila, mesmo brandindo essa coisa enorme.

Coelha da Lua não conseguiu ouvir o que Moon dissera, porque ela tinha uma tendência a bloquear os sons à sua volta quando se concentrava. Entretanto, mais uma dúvida surgiu, e ela virou a cabeça para trás.

— Ahh!

No lugar de uma pergunta, escapou um grito. Coelha da Lua ficou tão surpresa que acabou até soltando o pilão. Por causa do estrondo que o bastão fez ao cair, Moon também tirou os olhos do livro. Empalidecida, seus braços enormes e a cor das pupilas haviam voltado ao normal.

Na direção em que Coelha da Lua apontara – ali estava uma garotinha de olhos arregalados, tão surpresa quanto ela.

— Uau...

Ao contrário de Coelha da Lua, os olhos arregalados da menina nutriam alguma expectativa. Moon levantou-se de seu lugar e se aproximou da criança lentamente. As roupas que usava haviam mudado sem que percebesse, e agora se aproximavam mais da aparência afável de um padeiro do que da de um bartender.

— É isso mesmo? É uma casa mágica?

Diferentemente de Coelha da Lua, que apenas batia repetidamente o pé por não saber o que fazer, Moon ajoelhou-se para olhar nos olhos da garotinha e abriu um sorriso.

— Você sabe o que está escrito aqui? — disse, batendo em seu próprio crachá com o dedo. A plaquinha tinha o nome "Moon" escrito, uma palavra que também pode significar "porta" em coreano.

Um pouco sem graça, a menina remexia os dedos, e, cuidadosamente, desviou o olhar de Moon.

— Não sabe? Então vamos tentar com múltipla escolha. Número um, "Lua".

A menina balançou a cabeça. Moon ia continuar a listar as próximas alternativas, mas, de repente, a criança esticou a mãozinha, apontando para fora da cozinha.

— Está escrito "porta". A porta que abre e fecha, e que tem em todo quarto — respondera a menina, resoluta, enquanto olhava Moon nos olhos.

Foi apenas nesse momento que Coelha da Lua soltou a respiração que prendia e suspirou aliviada. Moon também assentiu com a cabeça, em concordância.

— Isso mesmo, prezada cliente — disse, apaziguando a criança com sua voz.

Em seguida, falou de maneira mais comedida, como se para manter a formalidade:

— Peço desculpas, prezada cliente, mas aqui é um espaço onde apenas funcionários podem entrar. Vamos levar a senhorita a uma mesa agora mesmo.

Antes mesmo de Moon olhar para ela, Coelha da Lua pegou na mão da menina e a levou em direção à mesa.

Coelha da Lua se esforçava para mudar o clima tenso com um sorriso radiante, mas, na verdade, parecia que ela também não estava nada tranquila. Quando descobriu uma taça vazia sobre a mesa, até mesmo a calma à qual se agarrava por pouco se desestabilizou.

— Olha só? Por que isso está aqui? Será que algum amiguinho seu mexeu nisso ou...

Assim que viu o olhar aflito da menina, percebeu que já era tarde demais. A cor da bebida alcoólica que devia estar na taça provavelmente era belíssima. Uma tonalidade difícil de recusar até mesmo para os adultos; como, então, uma criança seria capaz de simplesmente ignorá-la?

Não era culpa da criança. Era culpa do dono da loja que largara uma taça de bebida em um lugar qualquer, sem pensar. Coelha da Lua encarou Moon com fúria, mas ele apenas deu de ombros.

— Tinha deixado ali para fazer degustação depois, mas acabei esquecendo.

— E isso é coisa para se esquecer?!

Mesmo cerrando os dentes, Coelha da Lua tentou manter os olhos sorridentes para não assustar a menina. Mas, como apenas os olhos estavam sorrindo, a menina teve ainda mais medo.

Por outro lado, Moon continuava imperturbável. Ele simplesmente voltou para sua posição de antes, o lugar à frente da menina sentada à mesa.

— Nesse lugar, até as coincidências viram destino. Eu ter deixado uma bebida de degustação aqui por acaso, e a cliente ter consumido essa bebida, tudo isso devia ser inevitável. A senhorita não está se sentindo mal, está?

*— Como que "ter deixado a bebida aqui" é uma coincidência? Obviamente, foi descuido seu. Por acaso é uma bebida qualquer? Não, é uma bebida alcoólica. Onde já se viu deixar uma criança beber isso?*

Moon ouviu esses resmungos raivosos, mas fingiu que não.

— Aqui é uma casa mágica de verdade?

Nervosismo e antecipação se misturavam em seu olhar. Como poderia ficar apenas olhando?

Moon juntou as duas mãos em um estalo. Nesse instante, as paredes que antes expunham garrafas de bebidas alcoólicas se transformaram em um espaço repleto de bebidas doces e sorvete. As bebidas coloridas e brilhantes roubaram o coração da menina.

Envolvendo o rosto com as mãos, Coelha da Lua pensou, resignada: *Agora nem eu sei mais o que está acontecendo...*

— Seja bem-vinda à casa mágica, senhorita.

As bochechas rosadas da menina estavam cheias de empolgação. Esticando as perninhas curtas o máximo que pôde, empoleirou-se na cadeira alta.

— Então, é que eu sempre quis vir num lugar desses. O senhor é um feiticeiro, né? O senhor também realiza todos os desejos?

— Mas é claro! É só a senhorita pedir.

Sentindo um olhar furioso nas costas, Moon virou a cabeça e imediatamente encontrou os olhos de Coelha da Lua o encarando.

— Não se diz esse tipo de coisa para uma criança imprudentemente — disseram os lábios agitados de Coelha da Lua sem emitir qualquer som.

Ela era excessivamente zelosa com crianças. Assim que percebeu isso, Moon propositalmente fingiu não saber de nada. Mesmo sem estar olhando para a funcionária, a imagem dela com o estômago certamente revirado por dentro ainda estava vívida em sua mente.

— Eu quero virar especial! Virar uma pessoa muito, muito especial. Queria ter o poder de soltar fogo pelas mãos ou de identificar os ingredientes de uma comida só pelo cheiro.

— Nossa, que maneiro. Até que é uma boa ideia.

— Não fale coisas pelas quais não pode se responsabilizar, por favor!

Ouviu mais uma vez a voz baixa mas exasperada de Coelha da Lua. Desta vez, Moon olhou para ela. E então mexeu os lábios em um sussurro, seguidos de uma piscadela. Observando apenas seus gestos, parecia que tentara tranquilizá-la, mas a realidade era outra.

— Ela também precisa sentir o gosto amargo da realidade.

Ele estava proferindo esse tipo de coisa bem na frente da criança. Coelha da Lua disparou um olhar enfurecido, indicando que a qualquer momento era capaz de arremessar o pilão gigante nele.

— O senhor vai mesmo realizar meu desejo?

— Claro. Em troca, a senhorita poderia fazer um favor para mim?

Enquanto puxava conversa fiada, Moon pegou o cardápio.

*Paft, paft!* Com as batidas de seu dedo, as bebidas alcoólicas desapareceram sem deixar rastro. Seus lugares foram ocupados por bebidas doces.

— Mas qual é o favor?

— Primeiro, a senhorita deve fazer o pedido.

— Ah…

— Com certeza vai estar delicioso.

Preocupada se haveria problema em escolher tal coisa, a menina olhou com cuidado para Moon, mas, como ele sorria abertamente, escolheu um item do cardápio tranquilamente. Era uma história um pouco peculiar.

— Ótima escolha. É uma bebida especial com um sabor mordaz. Aguarde um momento.

Ele começou a preparar os ingredientes imediatamente. Espremeu o suco de um limão refrescante só de olhar, e depois acrescentou açúcar. Com alguns estalos de dedos, nem foi preciso esperar muito.

Observou a espuma dos gases crescendo no copo de vidro e salpicou um pó azul-claro sobre a bebida – as coisas que Coelha da Lua tinha moído. No meio daquilo, havia também lágrimas do Coelho das Lágrimas.

— Aqui está a "Fada do Espaço".

Dentro do copo de vidro transparente, brilhavam pozinhos de cores variadas. Moon tirou um papel preto de algum lugar e colocou atrás do copo, dando a sensação de olhar para um céu noturno pontilhado de estrelas.

— Uau...

Uma interjeição escapou da boca da menina. Sem se segurar mais, a criança mordeu o canudo e sugou a bebida com toda a força que podia.

DESDE O NASCIMENTO, FADAS ERAM BELAS, ADORÁVEIS, E SE DESTACAVAM EM TUDO O QUE FAZIAM. PORÉM, EU NÃO CONSEGUIA SER ASSIM.

Um sabor azedo se sobressaía em meio ao gosto doce. Surpresa, a criança afastou os lábios do canudo. Levantou a cabeça e olhou para Moon, mas ele apenas continuava sorrindo. Um entusiasmo curioso, misturado ao nervosismo, espalhou-se por todo o corpo da menina. Uma bebida mágica – estava bem ali, na sua frente.

— Muito legal.

Mais ou menos quando o aroma da lima alcançou a ponta de seu nariz, cenas em sucessão surgiram e passaram como um clarão por sua mente. A criança, que achava ter se tornado especial apenas por beber aquilo, não conseguia conter a empolgação.

A menina sugou o líquido pelo canudo com toda a sua força novamente. *Gulp, gulp*. Animada, a criança às vezes sentia a amargura do sabor azedo se sobressaindo, mas não parecia ter vontade alguma de parar.

Belas estrelas brilhavam no céu noturno. Elas eram obras de arte que haviam passado pelas mãos de todas as fadas. Estrelas grandes e estrelas pequenas, para brilharem radiantes, precisavam que as fadas as deixassem bonitas.

Assim como a escuridão não podia esconder o brilho das estrelas, o som da risada das fadas preenchia todo o vácuo do espaço. Fadas são especiais e amadas onde quer que estejam.

Mesmo entre elas, havia uma fada particularmente especial. Era tão diferente das outras que, em vez de "especial", o adjetivo que se agarrara a ela foi "peculiar".

Comparada às outras fadas pequenas e adoráveis, era uma menina alta e de olhar feroz. Sua personalidade era tão intensa quanto o olhar. Ao contrário das colegas, que odiavam violência e adoravam brincadeiras, ela não suportava ver as fadas gargalhando e se vangloriando. Por causa disso, seus pais estavam sempre muito preocupados. Nem mesmo um professor rigoroso apresentava qualquer ameaça a ela.

Diante da reprimenda disfarçada de pergunta – "O que você planeja ser quando crescer para estar agindo assim?" –, ela exclamou confiantemente: "Vou ser protetora!"

Protetores. Eles estavam sempre na linha de frente, protegendo e guiando as estrelas. A menina não conseguia tirar os olhos dos fortes e incríveis protetores. Diante deles, todas as outras coisas pareciam insignificantes. Mas, desde então, seu desejo fora menosprezado e tratado como motivo de piada.

"Fadas não podem ser protetoras. Proteger é uma coisa que somente os coelhos fortes conseguem fazer."

Uma diferença de nascença. Dizendo que era pelo bem da menina, todas as fadas abriam a boca cuidadosamente e falavam coisas parecidas:

"Estou dizendo, é pelo seu bem. Não fique pensando em coisas absurdas, seja como as outras fadas e pratique coisas normais como embelezar as estrelas."

O vazio que penetrava o coração da menina se ampliou, infinito como o Universo, e o sonho que nutria a ultrapassou, afastando-se para sempre. Mesmo que esticasse sua mão, não conseguiria alcançá-lo.

*Vocês tinham dito que as fadas conseguiam fazer qualquer coisa.*

A menina se sentia terrível.

*Os adultos são uns mentirosos.*

Seu coração, onde não brilhavam estrelas, parecia a imensidão vazia do Universo.

*Gulp*. E assim a menina esvaziara o copo. A menina remexia seus dedos como se estivesse decepcionada.

— Posso beber mais?

— Sinto muito, senhorita. Estamos limitando a quantidade de bebidas fornecidas a menores de idade a um copo por pessoa.

A criança controlou a vontade de fazer birra. Porque pensava que o feiticeiro não realizaria seu pedido se ela reclamasse desnecessariamente. Ao mesmo tempo, a história que permanecera vívida em sua mente parecia estar faltando alguma coisa.

A menina tinha orgulho de haver lido muitos contos de fada por vontade própria no jardim de infância. Mas nunca tinha visto uma história com um final triste assim. Não tinha como uma história terminar desse jeito. A menina resolveu sanar sua curiosidade:

— O que acontece com a fada alta?

— O que você acha que vai acontecer?

A menina ficou desconcertada com a pergunta feita de volta, mas a partir de então decidiu pensar a sério sobre o assunto. Quando se lembrava dos contos de fada que havia lido até agora, achava que acertaria a resposta facilmente.

— Os protetores são tipo policiais do espaço, né? Ela vai virar policial. Porque fadas comuns não podiam ser protetores, mas a fada alta era especial!

— Infelizmente, fadas não podem ser protetores. Ela ainda se esforçou muitas vezes, mas tudo acabou em fracasso.

— Quê? Mas quando a gente se esforça...

— Não. É lamentável, mas também há coisas que não conseguimos fazer, não importa o quanto nos esforcemos.

A expressão da menina tornou-se sombria de repente. Seu rosto ficou parecido com a face espantada de Coelha da Lua, que espiava da cozinha.

— O que você está dizendo agora para uma criancinha?!

Coelha da Lua abriu a boca, mas Moon manteve a expressão impassível que dizia: "O que não pode, não pode".

— A fada alta também não desistiu de primeira. Tentou uma, duas, três vezes. Depois dez, vinte, cem vezes. Mas não conseguiu realizar seu sonho. Por isso, no fim das contas, começou a trabalhar com o embelezamento das estrelas, assim como as outras fadas.

Números abaixo de cem não conseguiam expressar facilmente os momentos de frustração pelos quais a fada alta tivera de passar. Mas a menina à sua frente ainda era muito nova para entender isso, então pensou de maneira simples:

— Ela poderia virar protetora na centésima primeira vez.

— A fada alta já estava muito exausta. Tão exausta que não tinha mais forças para continuar tentando. Também havia se passado muito tempo desde a época em que tivera esse sonho. E o tempo, às vezes, deixa marcas com seus dentes cruéis.

A menina não havia entendido toda a situação da fada alta, mas assentiu com a cabeça. Não sabia bem o motivo, mas seus pais também lhe diziam, de vez em quando, que não podia fazer algo. Quando os adultos dizem que não pode, mesmo que se faça birra, a coisa não se torna real – então a menina apenas aceitara, com um: "Ah, então foi assim".

— A senhorita também tem um sonho?

A menina, que já havia concordado com a cabeça, trazia na boca o desejo que nutria mesmo antes de Moon perguntar. Como se sonhos de criança fossem assim: sem hesitação, na pureza de quem não questiona se algo é ou não possível.

— Quero ser cozinheira!

— E o que a senhorita faria se não conseguisse realizar seu sonho, assim como a fada alta?

Ouviu-se um barulho de utensílios de cozinha colidindo. Mesmo vendo Coelha da Lua com as orelhas de pé e cerrando os dentes, Moon não parou com as perguntas cruéis. Apenas conferiu o relógio em seu pulso furtivamente.

— Os motivos para não conseguir realizá-los podem ser vários. Pode ser simplesmente porque cansou de cozinhar, ou também porque viu uma pessoa extremamente talentosa e se sentiu incapaz, ou então a pressão de conseguir um emprego e os olhares dos outros podem ter feito com que a senhorita não conseguisse mais perseguir seu sonho.

Para a menina, as suposições apresentadas por Moon eram difíceis de entender perfeitamente. No entanto, conseguiu imaginar como seria se, por algum motivo, não conseguisse se tornar uma cozinheira, assim como a fada alta. A menina não se sentiu nada bem. Fazendo beicinho, quebrou a cabeça em ponderação e logo olhou para Moon, perguntando com cuidado:

— Mas ainda assim daria para fazer um refogado de salsicha, né?

A pergunta da criança foi tão inesperada que fez até mesmo Coelha da Lua parar de mirar a perna de Moon para bater com o pilão, assim que surgisse a oportunidade. Moon assentiu suavemente com a cabeça e a criança respondeu, dando de ombros.

— Ok, então. Não dá para mudar o que a gente não pode fazer, né? Se mesmo assim eu conseguir fazer refogado de salsicha com *kimchi jjigae*, tudo bem por mim. É que refogado de salsicha é muito gostoso, mas minha mãe só faz para mim às vezes. Mesmo quando não estou me sentindo bem, melhoro quando como essa comida.

O motivo para querer ser cozinheira era simplesmente porque se sentia feliz ao comer pratos deliciosos. Uma vez, enrolara *kimbap* com sua mãe e ficara tão gostoso que não podia se esquecer do sabor. Mas a menina ainda não sabia que a razão para o *kimbap* ter ficado tão delicioso era o "molho especial" dos elogios da mãe, que vieram como um acompanhamento à parte.

— A senhorita ficará bem mesmo se não conseguir se tornar uma cozinheira?

— Acho que vou ficar triste. Mas não tem o que fazer, né? Mamãe disse que a tristeza e a felicidade são amigas. E que a salsicha e o espinafre também. Quero comer só a salsicha, mas ela disse que não pode ser assim. Porque o espinafre também é amigo da salsicha, então não posso comer só um deles. Então, se eu comer espinafre, também vou poder comer salsicha depois, né?

Não havia como saber até que ponto a criança entendera tudo o que foi dito. Mas Moon gostou da resposta, e achou que poderia pedir um favor a ela.

— Você quer falar alguma coisa para a fada alta? Ela está muito triste agora, e parece estar precisando de algum consolo.

A menina concordou sem ponderar muito. Em seguida, abriu a boca enquanto fitava Moon, que repassaria sua mensagem à fada:

— Ei… Oi? Fadinha, você está sofrendo muito, né? Eu também fiquei muito triste por não ter tirado 100 na prova de ditado depois de ter praticado tanto. Mesmo assim, eu te acho muito incrível. Porque, ah! Você não conseguiu ser policial, mas embeleza estrelas muito bem, né? Sei que não é o trabalho que você gosta, mas acho muito legal ver você se esforçando tanto. Minha mãe também disse que a gente só vira adulta quando consegue fazer bem até as coisas que a gente não gosta, então você já é muito adulta. Quando você se sentir muito mal, tenta comer salsicha que nem eu. Aí você vai se sentir melhor.

A menina olhou de relance para Moon ao concluir o que dizia. Parecia não ter mais nada a dizer. Percebendo a situação constrangedora, veio até Moon e se curvou para cumprimentá-lo. Em resposta, Moon também abaixou a cabeça respeitosamente.

— Eu também penso assim.

O relógio de pulso de Moon indicou as horas com uma badalada.

*Pi-pi-pi-pi-pi!*

O barulho alto vinha de todas as direções, espalhando-se. A menina franziu as sobrancelhas com naturalidade. Por algum motivo, o barulho que atingia seus ouvidos era extremamente familiar.

*Pi-pi-pi-pi-pi!*

— Hm?

Parecia ter pegado no sono sem perceber. Ao ouvir o som que anunciava a partida do metrô, verificou os dizeres da placa da estação. Opa, precisava desembarcar. Disparou e, felizmente, conseguiu descer antes que as portas se fechassem.

— Aahh! — suspirou, alongando o corpo enrijecido.

Sentia-se sufocada na camisa social e nos saltos altos que a apertavam. Como havia feito hora extra, não havia tantas pessoas na plataforma, diferentemente do horário em que ia para o trabalho. Suas pernas se dirigiram naturalmente em direção à sua casa.

— Aff, que estresse.

Sempre a mesma rotina. A determinação que antes queimava em seu peito havia desaparecido fazia muito tempo. Pelo que ouvira, parecia que alguns de seus antigos colegas estavam tendo sucesso com seus negócios. Em vez de sentir a vontade de parabenizá-los sinceramente ao ouvir essa notícia, uma sensação de impotência a invadiu e acabou com o seu humor.

*Quando foi que fiquei assim?*

Ultimamente, autodepreciava-se e destruía sua própria autoestima sem parar.

Lâmpadas clareavam as ruas noturnas. A iluminação extravagante que vinha das lojas estava tão brilhante que somente ela parecia estar mais escura.

— Ai, ai... — soltou um breve suspiro e virou a cabeça, distraída, quando algo de repente chamou a sua atenção. Uma parte da loja era uma livraria com paredes de vidro. Um livro intitulado *Primeiros passos na cozinha*, por algum motivo, pesou em sua consciência.

*Será que ando pedindo muito delivery?*

Depois de passar algum tempo parada naquele lugar, começou a dar alguns passos. Mas, por que será? Sem motivo algum, seus passos ficaram mais leves. Quase como se alguém tivesse dado um tapinha nas suas costas.

Um afago que dizia "Você está indo muito bem!" foi se espalhando desde as profundezas de seu âmago. A maciez da mãozinha de uma criança... Inexplicavelmente, sentiu-se estranha, como uma criança sendo consolada. De repente, lembrou-se vagamente de quando era pequena.

— Isso mesmo. Estou indo bem — ela disse, igualmente.

Assim que as palavras deixaram seus lábios, sentiu um calor ainda mais aconchegante. Era verdade. Apesar de tudo, ela estava indo bem. Sua vida agora estava muito distante de seu sonho de infância. Estava apenas sobrevivendo.

Mas hoje, mais do que nunca, sentiu muito orgulho dessa versão de si. Ela desbloqueou a tela do celular e clicou no número no topo da lista de contatos favoritos. *Tuuu-tuuu-tuuu*... Após alguns toques, a ligação finalmente completou, e então ele ouviu uma voz do outro lado da linha, radiante de alegria:

— Oi, filha! O que houve? Aconteceu alguma coisa?

— Nada não. Só estava com saudade.

— Por quê? Esses dias foram difíceis?

— Nãão! Já disse que liguei só porque estava com saudade. Posso passar aí em casa nesse fim de semana?

— Eu ia amar. Filha, tem alguma coisa que você quer comer?

— Tem. Tem uma coisa que eu quero comer.

— O que é? É só falar. Mamãe vai fazer tudo para você.

— Quero salsicha. De repente fiquei com vontade de comer aquela salsicha que você faz.

— Salsicha?

— É. E *kimchi jjigae* também.

— Ai, meu deus... Como pode você já estar toda crescida e ainda ter o mesmo paladar? Tá bom, já entendi. Vou fazer tudo para você.

— E... mãe.

— O que foi?

— Te amo.

— Não era uma criança?

Coelha da Lua se sentia enganada. Lançou um olhar enfezado para a porta por onde a cliente saíra, o rosto carregado de indignação. Moon pegou o copo da bebida de degustação deixado sobre a mesa e o levou até a bacia de lavar louças.

— Ela ficou daquele jeito porque estava bêbada, né? Cada pessoa fica de um jeito diferente quando bebe, certo? Aquela cliente bebeu tanto que ficou com a aparência de mais nova. Pense pelo lado bom. Não demos álcool para uma menor de idade. Não concorda?

Moon riu alto, como se quisesse que Coelha da Lua ouvisse. Essa atitude de quem sabia de tudo desde o início apenas fazia Coelha da Lua sentir-se feita de boba. Irritada, ralhou contra Moon:

— Como você sabia? Fez de propósito, não é? Aquela história da "Fada do Espaço" por acaso fala sobre a "Pamina"?

A fada que queria ser protetora... Um trabalho que só pode ser feito por coelhos fortes, e Coelha da Lua é uma coelha forte.

— Pelo visto, aquela fada era sua conhecida? — perguntara Moon, olhando de soslaio.

Coelha da Lua virou o rosto.

— Famosa do jeito que a Pamina é, mais estranho seria não conhecer.

Antes que Moon falasse mais coisas desnecessárias, Coelha da Lua mudou de assunto.

— Como você soube que a cliente não era uma criancinha?

— O livro que eu estava lendo era o dela. Aquele que eu lia enquanto você fazia a moagem com o pilão.

— É o quê? Sério? Era o livro da cliente de agora há pouco?

— Aham. Não te falei que aqui é o lugar onde coincidências viram destino? O *timing* foi perfeito, né?

Coelha da Lua não conseguia distinguir o que era verdade do que era mentira. No entanto, quando olhou para Moon, viu uma expressão forçada de que estava tudo bem. Então, não acreditou muito no que dizia. Enquanto pensava nisso, uma ideia surgiu como um clarão em sua mente.

— Então será que os clientes não aumentam se o dono da loja ler mais livros?

Talvez houvesse uma oportunidade de recuperar a loja em ruínas. Se estivesse certa, Coelha da Lua planejava ficar ao lado de Moon o dia inteiro, obrigando-o a ler. Ela tinha um motivo para precisar do sucesso dessa loja.

— Se fosse fácil assim, já teríamos tirado a sorte grande.

Ele estava certo. Pensando bem, ela tinha visto Moon lendo livros com certa frequência mesmo antes disso tudo. Mas nem sempre que ele lia apareciam clientes.

*Claro, seguindo essa lógica, quantos clientes já não teriam vindo?*

Quando terminava de ler um livro, Moon voltava à primeira página e recomeçava, independentemente de qual fosse. Primeiro, Coelha da Lua achou que ele lia novamente apenas seus favoritos, mas quando viu que fazia isso com todos os livros, passou a achar um pouco esquisito.

Entretanto, não questionou qual era a razão disso. Como não tinha muito interesse no assunto, resolveu deixar de lado.

— Ai, ai…

Afinal, não havia praticamente relação alguma entre os seus livros e os clientes. Assim que aceitou essa realidade, sua energia e vigor despencaram. Coelha da Lua abriu a boca aos poucos. Ainda tinha uma dúvida sobrando.

— Então, o que acontece com ela? Como você leu o livro, deve saber, não é? Aquela cliente… depois vira cozinheira? Ou então…

Sentada de pernas juntas em uma cadeira, Coelha da Lua viu Moon se aproximar até não restar quase nenhuma distância entre os dois. Assustada, encolheu o corpo e fitou seus olhos.

— Por que você está fazendo isso?

— Quer saber o que aconteceu?

Engoliu em seco. Sua voz parecia que sussurraria apenas histórias ocultas. Respondendo aos lábios misteriosos que mal se mexiam, Coelha da Lua assentiu com a cabeça lentamente.

— É segredo.

A tensão acumulada ao máximo de repente estourou e se esfriou.

— Sabia que ia ser assim.

Encarando-a intensamente, Moon disse que "saber antes não tem graça" – ou algo do tipo – e deu risada.

— Aahh…

Já havia passado um mês desde que Coelha da Lua começara a trabalhar na loja, mas Moon continuava cheio de mistérios.

# 3

# NO CRUZAMENTO DE QUATRO VIAS

— Seja bem-vindo.

Coelha da Lua recebeu o cliente com um sorriso radiante. Mas, na verdade, seus nervos estavam à flor da pele, porque Moon não estava ali.

*Nos momentos que mais preciso, ele some!*

Estava gritando por dentro, mas mantinha a postura para não deixar transparecer ao cliente. Sua mão apressada o levou até um lugar. Desfez-se do cardápio que estava sobre a mesa e, em seu lugar, abriu uma garrafa de vinho deixada em uma parte da cozinha. Era a bebida que Moon a confiara.

"Essa você pode beber do jeito que está. Pode beber quando estiver meio deprimida."

Moon sorriu generosamente, mas depois acrescentou que iria cortar do salário dela, ou algo assim. Se dependesse de sua vontade, engoliria toda a bebida agora mesmo, mas priorizou servir o cliente primeiro.

*Depois é só receber o pagamento do cliente.*

Coelha da Lua derramou uma quantidade adequada de vinho na taça de vidro e depois entregou ao cliente.

— Aprecie com moderação.

Como a situação foi inesperada, Coelha da Lua achava que até estava lidando muito bem com tudo isso. Mas, quando o cliente levou o copo aos lábios, teve uma dúvida repentina: *Como que eu vou cobrar do cliente mesmo?* Estava com tanta vontade de vender ao menos um copo que nem chegou a pensar nisso.

Até agora, quem cuidava dos pagamentos era Moon. Por causa disso, Coelha da Lua não sabia exatamente qual era o método para calcular o preço das bebidas. Não sabia nem mesmo como receber o pagamento. Parecia que Moon sempre acabava conversando ou trocando algumas palavras com o cliente e, depois, dizia que tinha recebido.

Também foi assim com o senhor Dae-il. Estava tão concentrada na parte mais trabalhosa da moagem com o pilão que se distraíra; o cliente já havia ido embora quando Moon apareceu de repente com fotos e pinturas nas mãos. Depois que a cliente criancinha se foi, havia em sua mão uma joia vermelha, parecida com uma salsicha, que ele chamou de "um apoio sincero".

— Hm, o aroma é forte.

O cliente, com a mandíbula acentuada, esvaziou o copo de uma vez só. Sua voz, nítida e suave, era clara – logo, era um homem confiável. Graças a isso, Coelha da Lua se tranquilizou um pouco.

Na verdade, mais do que a voz do homem, o relógio de pulso dourado e a armação refinada de seus óculos eram confiáveis. Não sabia o valor exato do vinho que servira a ele, mas o homem à sua frente parecia ter dinheiro o suficiente para pagá-lo. Sendo assim, restava uma tarefa à Coelha da Lua.

*Vou enrolar até o Moon chegar.*

Coelha da Lua sorriu docemente e perguntou ao homem:

— Gostaria de mais um copo?

— Sim, por favor.

Assim que a taça ficara cheia, ele entornara toda a bebida e, a cada gole, sentimentos esquecidos retornavam à superfície. Para não perder as sensações que se infiltravam profundamente em seu âmago, continuou a pedir mais bebidas, e esvaziava o copo de uma vez só sempre que o via cheio. O homem não parou até que a garrafa inteira de vinho estivesse vazia.

— É um vinho bem peculiar. Quero dizer, cada vez que o bebo, penso em antigamente...

Na época em que usava muros como papéis de parede, rabiscando com uma pedra... O barulho da parede arranhada gerava uma linha branca, e risadinhas preenchiam o beco. Quem diria que o molequinho catarrento daquela época, que passava o tempo todo se divertindo, estaria fazendo tanto sucesso? Nem era preciso olhar para a sua infância. Até mesmo com vinte e poucos anos, estava longe de receber o título de "escritor genial".

Um espaço nojento e fedorento, tão apertado que mal dava para alongar o corpo confortavelmente... Por não ter um trabalho considerado normal pelos outros, a pobreza fora sua amiga. Não tinha nada em seu nome na época, mas teve sorte. Porque tinha uma namorada que parecia um anjo do seu lado.

"Cliff, eu te amo."

As palavras que ela sussurrara em seu ouvido eram mais doces que mel e mais belas que qualquer melodia. Cliff lambeu o beiço. O sabor do vinho em sua boca lembrava a graciosidade da namorada.

— Qual é o nome do vinho?

Coelha da Lua olhou de relance para o rótulo do vinho. Franziu o cenho por um instante, mas respondeu calmamente:

— É "Beijo do Primeiro Amor".

— Que nome engraçado.

E pensar que era o *beijo do primeiro amor*, e não o *primeiro beijo*. Cliff gargalhou. Se fosse ele, nunca teria usado palavras desnecessárias assim.

Já levemente embriagado, Cliff ponderou repetidamente sobre o nome do vinho. Enquanto fazia isso, uma interpretação diferente lhe veio à mente. Se perguntassem para Cliff sobre seu primeiro beijo, naturalmente pensaria em uma ex-namorada. O êxtase daquela época ainda permanecia forte em suas lembranças.

Mas, se perguntassem sobre o beijo de seu primeiro amor, também podia pensar na mulher que fora seu primeiro amor beijando outra pessoa. Normalmente, o primeiro amor acaba não dando certo, muitas vezes tanto pela pouca idade quanto pela imaturidade. Com Cliff também fora assim; e com o passar do tempo após do término, encontrar um novo amor talvez seja algo natural.

Quando pensou nisso, Cliff percebeu que franzia o cenho. Por mais que odiasse admitir, ainda não conseguiu se esquecer de seu sorriso para ela naquela quitinete decadente.

— Helen.

O nome que não saía de sua cabeça acabou escapando pelos lábios. Gargalhando incontrolavelmente, Cliff percebeu que era hora de se arrumar para voltar para casa – e também que estava bêbado o suficiente para dizer o nome dela.

— Quanto ficou?

— Err… Quanto a isso…

Arrastando a fala, a garçonete continuou a olhar para a porta dos fundos como se esperasse alguém. Cliff ficou intrigado com seu comportamento incompreensível.

*Será que está pedindo gorjeta?*

Rapidamente, tirou algumas notas da carteira e as deixou sob o copo na mesa. Mas a expressão da garçonete ainda não era boa.

— Há algum problema?

Enquanto sua face se avermelhava como uma beterraba e ela pensava no que fazer, ouviu-se um barulho. A porta dos fundos se abriu. No mesmo instante, a garçonete suspirou, aliviada.

Seguindo o olhar dela, Cliff virou a cabeça naturalmente e prendeu um pouco a respiração. No lugar para o qual olhavam, estava um jovem de cabelo azul.

Por ser escritor, algumas vezes Cliff passava por esse momento. O momento em que certamente via uma pessoa pela primeira vez, mas, sem ouvir qualquer descrição, imaginava sua profissão e personalidade até criar toda uma grande história que dominava seus pensamentos.

Claro, por ser apenas fruto da sua imaginação, não tinha qualquer compromisso com a realidade. Porém, ser ou não verdade não era importante para Cliff. Bastava ser uma fonte de inspiração que arrebatasse corações.

— Bo-reum, pode me dar uma ajudinha?

A garçonete deixou o balcão agilmente para receber a pilha de livros que o jovem carregava. O rapaz de ar peculiar secou o suor da testa e abriu um sorriso em cumprimento a Cliff. Em seu crachá, estava gravado o nome "Moon".

Depois de se levantar, Cliff corrigiu a postura desajeitada e o cumprimentou com um sorriso igualmente. Em seguida, voltou a se sentar em seu lugar.

— O senhor pintou o cabelo?

Ao mesmo tempo que dizia isso, engoliu a voz interna misturada com autodesprezo: É claro que é pintado.

Em vez de um céu azul, seu cabelo parecia mais com a cor escura do mar de uma praia; sentia um fascínio peculiar olhando para ele, mas também um medo repentino – como se estivesse nas profundezas do mar.

— Isso, eu pintei. No começo, estava pensando em fazer mais claro. Fiz imitando o meu irmão mais novo, e como o original era verde, a cor acabou ficando escura.

Cliff concordava com a cabeça, mas inclinou-a em dúvida ao ouvir a continuação do que o bartender dizia:

*Ele falou que o original era verde?*

Até onde Cliff sabia, ninguém nascia com o cabelo naturalmente verde.

*Será que ele quis dizer que já havia pintado o cabelo de verde antes, e agora tinha pintado de azul? E o irmão? Será que apenas imitou a cor que o irmão mais novo tinha escolhido, ou o cabelo dele era, de fato, naturalmente azul?*

Era um pensamento absurdo, mas o suficiente para estimular a imaginação de Cliff. Chegara a hora em que uma grande história soprava.

Um protagonista com uma cor excêntrica de cabelo de nascença, causada por uma variação na pigmentação de melanina... Um protagonista obcecado pela cor provocada por uma doença rara. E a mulher que, por ele, pintara o cabelo da mesma cor.... A imagem dela sorrindo ao ver os cabelos das pessoas se tingindo com o pôr do sol, dizendo "Agora está tudo igual", invadiu a mente de Cliff.

— O senhor precisa de mais alguma coisa?

— Ah, não. Estou bem.

Ao ouvir o bartender, Cliff percebeu que o encarava intensamente demais – e, nesse instante, libertou-se de sua fantasia. Fazia muito tempo que não tinha uma ideia tão avassaladora. Quis contá-la a alguém imediatamente, então pegou o celular. Mas não conseguiu pensar em nenhum número – porque Helen já o havia deixado.

Cliff sempre teve uma grande imaginação, desde pequeno. Havia alguns adultos que sorriam com as histórias que criava a partir de seus pensamentos. Ele gostava de fazê-los sorrir, então passou ainda mais tempo absorto em fantasias, e começou a escrevê-las em algum lugar por temer esquecê-las imediatamente.

Em seguida, depois de virar um jovem adulto, Cliff escreveu alguns textos, mas a recepção que eles tinham era fria.

"Você não é mais uma criança. É por ficar preso nessa imaginação que ainda não conseguiu um emprego."

Depois de se tornar escritor, pensou que a reação seria diferente ao conversar com pessoas do mesmo ramo. No entanto, as respostas foram no mesmo nível: "O material é sem graça" e "É muito previsível".

Quando uma de suas obras principais teve um sucesso estrondoso, algumas pessoas começaram a desenvolver um interesse sobre ele, mas Cliff ainda não havia aprendido bem como não se magoar. Mesmo que tivesse uma ideia incrível, acabava não falando sobre ela quando não havia qualquer relação com o trabalho.

Uma sensação amarga crescia em Cliff. Ultimamente, não se divertia tanto escrevendo quanto antes. Os trabalhos que escrevera pensando apenas em atrair o interesse dos leitores foram deixando pequenos buracos no escritor, até que chegou a um ponto em que se sentia vazio.

*Mas eu gostei da ideia de agora…*

A cena que lhe veio à mente ao olhar para o jovem à sua frente não era uma história vazia, como tantas outras. O cenário que se desenrolara em seus pensamentos despertava nele uma vontade genuína de escrever.

*E pensar que não tenho com quem compartilhar esses momentos extraordinários!*

Por causa da leve embriaguez, seu coração batia ainda mais pesado, e sentiu até mesmo o impulso de digitar um número qualquer. Felizmente, diante de Cliff, estava o jovem que aparecera segurando uma pilha de livros.

— Imagino que o senhor goste de livros. Estou certo?

Cliff perguntou cuidadosamente, buscando entender o que o jovem pensava. O bartender prontamente respondeu, numa entonação alegre: "Sim, é claro". Cliff soltou um grito interno de vitória.

— Que tipo de livro o senhor gosta?

— Gosto mais de romances.

Cliff se animou tanto com a resposta do bartender que acabou empurrando com tudo a taça de vinho ao seu lado.

— Ah.

Por um momento, o tempo pareceu correr lentamente. A mão do bartender passou pelos olhos surpresos e arregalados de Cliff e, com habilidade, segurou a taça em queda. Graças a isso, a taça não sofreu sequer uma rachadura. Entretanto, algumas gotas do pouco vinho que restara no copo dançaram no ar e caíram sobre a mesa.

— O que gostei de ler recentemente foi *O interminável fio vermelho*.

Sem demonstrar qualquer constrangimento, o bartender limpou a mancha sobre a mesa com uma toalha seca. E, assim como a mesa ficara limpa num piscar de olhos, a cautela deixou o rosto de Cliff. O livro mencionado pelo jovem fora escrito por ele. Era um romance publicado sobre uma história de amor que estava prestes a ficar famoso.

— Eu também já li esse livro. Por acaso teve alguma cena que o senhor achou marcante?

Cliff perguntou sem revelar que era o autor do livro – preferia ouvir avaliações sinceras a coisas ditas da boca para fora.

*Será essa a cena final de reencontro do casal protagonista? Ou o momento em que o protagonista masculino revela seu segredo?*

Esforçara-se para esconder o tum-tum do batimento de seu coração e aguardara a resposta do jovem. Finalmente, o bartender abriu a boca.

— "Ele falhara outra vez. Nas duas primeiras vezes, ficava determinado em não desistir. Mas quanto mais falhava, mais se sentia patético. O fracasso contínuo acabava com a esperança das pessoas".

Cliff se surpreendeu duas vezes com as palavras do bartender. Primeiro, porque ele citara trechos do seu livro sem errar uma só palavra; depois, porque escolhera justamente a parte que ele menos esperava ouvir.

A frase citada estava bem no começo do romance. Um estágio no qual a história mal havia começado – a parte em que descrevia a situação do protagonista masculino antes de ele ter conhecido a protagonista feminina. Por que escolher justamente essa cena, entre tantas e tantas do livro, era algo que Cliff não conseguia adivinhar.

— Por acaso o senhor leu somente a parte inicial do livro?

— Não, eu li o livro todo.

— Mas, então, por que…

— Podem ser apenas algumas linhas de descrição no livro, mas, na verdade, superar um momento desses é algo realmente formidável.

Cliff nunca havia pensado assim antes. Como gostava de finais felizes, a maioria dos protagonistas de seus romances realizava um grande feito na segunda metade do livro.

O fato de os protagonistas enfrentarem situações difíceis na primeira metade poderia ser tanto um reflexo da própria vida de Cliff, quanto meramente um hábito de escrever de maneira a contrastar com a segunda metade.

— O leitor tem essa crença de que tudo vai dar certo no final, mesmo quando o protagonista está passando por maus bocados. Mas o protagonista, em si, está apenas perseverando em meio à incerteza, sem ter a menor ideia do que está por vir. Por isso, gosto dessas partes nos contos de fadas também. Essa imagem deles, obstinadamente, continuando a viver a vida antes de tirarem a sorte grande... sempre mexe muito comigo, sabe?

Cliff concordou suavemente com a cabeça. Assim como esperado, o jovem emanava uma aura sem igual. No próximo trabalho, pensou que gostaria de tentar escrever sob um ponto de vista diferente dos escolhidos até agora.

— E o senhor, de qual cena gostou?

Apesar de se sentir um pouco sem graça em escolher a parte que mais gostara de seu próprio romance, abriu a boca para falar da forma mais natural possível, de modo a não revelar ser o autor.

— Ah, eu gosto da parte em que o protagonista masculino percebe o erro que cometeu e sai em busca da protagonista feminina de novo.

O bartender colocou a taça que limpara diante de Cliff novamente. Cliff passou o dedo no bocal da taça, produzindo um som agudo enquanto o copo tremia.

— É que, na verdade, eu também tive uma namorada assim. Era o tipo de pessoa que não se pode deixar escapar, mas me deixei levar pela familiaridade e acabei cometendo um erro. Seria ótimo poder voltar no tempo, né?

De vez em quando, Cliff invejava os protagonistas dos romances. Porque eles não desperdiçaram – nem arruinaram – suas chances, como ele próprio fez.

Olhava para eles resguardando seu amor com um belo beijo após superarem tudo no fim, e sentia uma satisfação indireta. Mas, no fim das contas, satisfação indireta era apenas isso: indireta.

Quando as cortinas se fechavam e ele soltava a caneta, a solidão inundava o quarto, penetrava o ar em seus pulmões e perfurava seu peito profundamente.

— Será que eu poderia beber mais um copo?

— Claro que sim. Fique à vontade para escolher.

O bartender entregou o cardápio a Cliff. Para o tamanho pequeno da loja, era um cardápio um tanto volumoso.

*Se eu soubesse que tinham tantas opções assim, teria feito pedidos mais variados.*

Cliff lamentou não ter recebido o cardápio desde o começo, mas também não questionou, porque o sabor do vinho servido pela garçonete tinha sido igualmente impressionante.

— É um cardápio bem peculiar.

O cardápio incluía categorias diferentes entre si, mas todas ligadas a alguma emoção. Antes, reunia itens com histórias ambientadas no espaço ou no Velho Oeste – mas isso Cliff não tinha como saber.

A primeira categoria que chamou sua atenção foi "Adrenalina". Com títulos como "Escondendo a folha da prova", "Queda Livre" e "Esconde-esconde", entre outros, o que tornava essas histórias interessantes era o fato de os sabores serem completamente inimagináveis.

Cliff virou a cabeça com calma e observou também as outras categorias. O "Beijo do Primeiro Amor", que ele havia provado, estava na seção "Nostalgia". Sorriu de leve e continuou a leitura, até que...

— Ah! — uma pequena interjeição escapou de seus lábios. — Gostaria deste aqui, por favor.

A categoria do item que escolhera era "Arrependimento". O bartender assentiu levemente com a cabeça e começou a mover as mãos com destreza.

Ondas de cores e formas variadas se agitavam dentro de um copo que parecia a junção de duas pequenas taças pela base. Como se estivesse enfeitiçado, Cliff acompanhou o balançar do líquido que transbordava da coqueteleira, um pouco longa, prateada e brilhante.

Cobrindo o topo da coqueteleira, outro copo. Com isso, o bartender começou a bater o coquetel. Ouviu-se o barulho dos gelos rolando turbulentamente dentro da coqueteleira, que dançava estonteante, até que... *Vuush!* Ela escapou das mãos do bartender e rodopiou no ar, fazendo Cliff prender a respiração. E, quando parecia inevitável a colisão com o chão, o bartender já a tinha de volta nas mãos, servindo o coquetel a Cliff no exato momento em que o cliente soltava um "ufa" aliviado.

— Aqui está o pedido do senhor: "Outra escolha".

O nome do coquetel batia exatamente com o que Cliff desejava. Queria voltar àquela época em que ela sussurrara seu amor por ele. Queria voltar àquele momento e fazer outra escolha, diferente da que fizera. Imaginou-se pegando em suas mãos quentes para nunca mais soltar.

— Tem um cheiro bom.

Assim que o sabor intenso tocou seus lábios, Cliff sentiu a paz e o sossego de um lugar recluso. Mas seria o nível de álcool mais alto do que pensava? O rosto de Cliff se contraiu ao tomar um gole da bebida. Parecia que chamas ardentes se transportavam da língua para a garganta, e ele quase conseguia imaginar o fogo ganhando forma, descendo da garganta até o estômago.

— Nossa, é bem forte. Parece que tem fogo na minha garganta. Vocês têm água?

— Aqui está.

Cliff recebeu a água do bartender e entornou o copo. Mas as chamas dentro dele não pareciam dispostas a se apagar tão cedo. Pelo contrário – ardiam ainda mais intensamente.

— Uff...

O ar quente que subia do fundo da garganta a cada expiração fazia sua cabeça, já atordoada, balançar ainda mais. Mesmo que algo tivesse dado errado – e Cliff acreditava firmemente que esse fosse o caso –, não tinha como tomar providências, pois ele mal conseguia estabilizar o próprio corpo. A única coisa que pôde fazer foi deitar a cabeça – tão quente que parecia prestes a explodir a qualquer momento – sobre a mesa à sua frente.

— Hm...

Parecia que tinha bebido demais. Mas, felizmente, estava usando o braço como travesseiro para apoiar a cabeça na mesa – ao menos assim, o mundo parava de girar e se acalmava aos poucos.

Cliff pensava em levantar a cabeça assim que os arredores deixassem de girar como um carrossel e, gradualmente, voltassem ao seu devido lugar. Entretanto, antes que pudesse sequer tentar, o mundo cedeu sob seus pés.

— Hã...? Hã... Aaaahhh!

Num espaço onde a cadeira em que se apoiava, a mesa e até mesmo o chão haviam desaparecido por completo, Cliff estava caindo. O barulho do vento que acertava as costas de suas orelhas cortou rapidamente o efeito do álcool. Por mais que olhasse em volta, não conseguia ver as belas garrafas e decorações de madeira. A única coisa que via era o céu azul. Assustado, Cliff gritou com todas as suas forças – mas até mesmo sua boca escancarada se fechou aos poucos, como se estivesse sendo controlada por alguém.

— Hm, hmph!

Cliff se esforçou para abrir a boca, mas foi em vão. Com ela completamente fechada, o grito de desespero que se espalhava em todas as direções também cessou.

*Ah, vou morrer agora!*

Cliff cerrou os olhos com força. E, assim que o fez, o chão surgiu de repente, firmando-se sob suas pernas. Ao abrir os olhos para uma situação que seus sentidos eram incapazes de compreender, subitamente encontrou suas duas pernas de pé, ilesas.

— Você está me escutando?!

Levantou um sobressalto com a voz que cortou o silêncio abruptamente. Mas ficou ainda mais surpreso ao ver quem era a dona daquela voz.

O cabelo loiro e o nariz arrebitado que faziam seu coração acelerar... A mulher à sua frente era aquela de quem tanto sentira falta.

— Helen?

— Ok, chega. Para com isso. Agora eu também cansei.

A tristeza diminuíra nos olhos de Helen, vermelhos com o inchaço. Ela pegou o agasalho deixado sobre o sofá e rapidamente pisou porta afora, levando-o consigo. *Blam!* O barulho da porta batendo com força demonstrava toda a raiva que sentia.

— O que raios…?

Cliff empurrou a cabeça levemente com a mão. Não estava mais tonto. Entretanto, tinha dificuldades em entender a situação que se desenrolava à sua frente. Uma situação que todo escritor imaginava ao menos uma vez na vida. Ou melhor, que toda pessoa mal resolvida com o passado já pensou ao menos uma vez na vida. O quarto em que estava fazia parte da casa onde dividira seu amor com Helen.

— Está igualzinha? Mas já se passaram cinco anos…

Até onde sabia, aquele prédio estava tão velho que haviam decidido reconstruí-lo, e a demolição já estava em andamento. Agora, o normal seria ele não encontrar nada parecido com a imagem da qual se lembrava. Porém, o calendário sem enfeites que estava pendurado na parede não lhe era estranho. O fedor e o espaço apertado provocavam uma nostalgia de um lugar muito distante na memória...

*Triiim!*

Sentindo uma vibração no bolso da calça, Cliff pôs a mão ali. Encontrou o celular antigo, o mesmo que usava na época, e um número não salvo aparecia na tela. Não estava salvo, mas ele sabia de quem era.

— Alô? Estou falando com o senhor Cliff, certo? Gostaria de conversar com o senhor sobre o original que nos enviou.

Assim que atendeu, ouviu uma voz familiar: era seu representante, com quem trabalhara por tanto tempo. Mas a pessoa do outro lado da linha o tratava como um desconhecido. Apenas se apresentou, explicou o motivo do contato e enumerou os planos para o futuro.

— Eu voltei no tempo.

— Perdão? Senhor Cliff?

Largando o celular como se não fosse nada de importante, Cliff saiu correndo pela porta, com pressa.

— Arf, arf...

Estavam no frio do inverno. O vento cortante e gelado se agarrava ao corpo desprotegido de Cliff, que não trouxera qualquer agasalho, mas ele não tinha qualquer pretensão de voltar. Em vez disso, colocou ainda mais força nos braços e pernas e correu. Estava sem fôlego; as orelhas e bochechas pinicavam. Mas não parou. Porque conseguia vê-la, caminhando com dificuldade à distância.

— Helen! — gritou Cliff a plenos pulmões.

As pessoas ao redor olhavam para ele, correndo em disparada sem qualquer casaco apropriado, e cochichavam. Mas nada disso importava para Cliff.

— Helen...! — exclamou, chamando seu nome mais uma vez.

Os passos cessaram. Ela virou a cabeça aos poucos. Quando o avistou, os olhos saltaram do rosto.

— O que você pensa que está fazendo?! Está querendo morrer congelado?

Helen tirou o cachecol que usava e o enrolou no pescoço dele. Lágrimas brotavam nos olhos de Cliff. Havia uma diferença clara entre o olhar dela e o das outras pessoas.

Diferentemente dos outros, que olhavam de lado e tentavam evitá-lo furtivamente, ela se apressou para alcançá-lo e lhe oferecera algo que pudesse protegê-lo do frio. Porque esse era o tipo de pessoa que ela era – sempre calorosa quando estava ao seu lado. Cliff sentiu tanta falta desse calor que precisou segurar as lágrimas.

— Me desculpa, Helen. Eu sei que dia é hoje. É o dia em que faz sete anos desde que nos conhecemos, não é? Fiquei tão cego pelos contratos que, na época, esqueci completamente disso. E não foi só isso... Você sempre tentava conversar comigo, mas eu... eu estava sempre irritado. Você tentou várias vezes fazer as pazes comigo, mas eu não escutei... Que nem um idiota... Por causa do meu egoísmo superficial, enquanto meus olhos brilhavam por causa de algum dinheiro, não consegui sequer perceber que os seus lacrimejavam. Sinto muito, de verdade.

— Cliff, do que você...

Cliff usou toda a força que tinha para puxá-la em um abraço. Não se importava mesmo que fosse um sonho. Se pudesse receber seu perdão, se pudesse segurá-la em um abraço apertado pelo menos mais uma vez, seria o bastante para ele.

A sensação de aperto que brotara em seu peito apenas aumentara com o passar do tempo. A vaidade e a ignorância que antes fechavam seus olhos desmoronaram, deixando um vazio doloroso no lugar. A presença de Helen em sua vida nunca foi garantida.

— Me desculpa, Helen. A maior sorte da minha vida foi ter encontrado você. Por favor, não me deixe.

Cliff botou para fora toda a dor que sufocara seu peito, tal como o calor que subira do fundo da garganta – um calor igual ao da bebida forte que tomara. No momento em que derramou algumas poucas lágrimas, braços calorosos o envolveram.

— Cliff, às vezes você parece tanto uma criancinha.

A risada contida dela chegou ao seu ouvido. Se era tão fácil assim, por que ele não conseguira fazer o mesmo naquela época? O calor de seu corpo acalmou Cliff gradualmente, e o casal voltou para casa, novamente.

— Para mim, você está em primeiro lugar.

Dizem que o sucesso depende não apenas de capacidade, mas também de sorte. Se comparados com antes de voltar no tempo, os resultados obtidos pelo livro de Cliff eram, sim, vergonhosos.

Mesmo assim, Cliff não se arrependeu. Porque, para ele, sucesso não se media a partir de quanto dinheiro se tinha. Cliff desistira de ser escritor e encontrara um emprego estável. Não era fácil, mas era um trabalho honesto e que remunerava o suficiente para pagar as contas. Seu relacionamento com Helen evoluiu para um casamento feliz.

Se dissesse que nunca mais brigara com Helen, estaria mentindo. Eles discutiam de vez em quando. Mas havia algo diferente agora: ele tinha a postura de encarar e resolver os problemas quando apareciam.

Uma outra escolha. De vez em quando, Cliff se lembrava do bartender que lhe entregou o coquetel. Ainda não acreditava que um milagre do tipo tinha acontecido com ele.

— É um menino.

Ele pensava que nada seria tão impressionante quanto voltar no tempo. Mas, no instante em que olhou para seu filho, vivenciou mais um milagre.

— Unhéé!

— Ooh! Helen, você é uma guerreira. Guerreira mesmo.

Abraçou cuidadosamente a criança que mal conseguia abrir os olhos direito. *Tum-tum.* Assim que sentiu aquele batimento tão frágil, seus olhos se encheram de lágrimas.

Não havia sequer uma parte que não fosse bonita. As mãos e pernas que se agitavam eram adoráveis. A boquinha que se apertava parecia pronta para falar a qualquer momento.

— Toc, toc, toc.

Aparentemente, seu filho era um gênio. E pensar que já imitava o som de algo batendo com aqueles lábios pequeninos...

Cliff observava a criança alegremente, quando, de repente, ela voltou a falar – com pronúncia exata:

— Está na hora de acordar, senhor Cliff.

De repente, uma sensação de insegurança tomou conta de Cliff. O barulho de *toc, toc, toc* ressoava dentro de sua cabeça, fazendo-a tremer. O mundo todo balançava como se tivesse sido atingido por um terremoto. Seu filho abriu a boca novamente.

— Senhor Cliff, está tudo bem?

— Arf.

*CLANG!*

Se o bartender não o tivesse segurado, teria caído de costas no chão. Cliff arregalou os olhos e analisou os arredores. Belas garrafas coloridas de bebidas alcoólicas estavam dispostas em prateleiras de madeira. Ele rapidamente tateou com as mãos onde podia, mas obviamente a criança não estava em lugar algum. No lugar, apenas um relógio de pulso dourado brilhante de alto padrão ocupava seu pulso.

— A-agora há pouco…

— Parece que o senhor logo ficou embriagado por causa da dosagem alta de álcool. Eu deveria tê-lo avisado com antecedência e, por isso, peço desculpas.

Com a ajuda do bartender, Cliff sentou-se novamente em seu lugar. Bebeu a água que a garçonete trouxera, aflita, e entendeu que não havia voltado ao passado – apenas estivera sonhando por um momento. Sem perceber, Cliff suspirava profundamente.

— Parece que o senhor teve um sonho bom.

— Perdão?

— Quando temos sonhos muito bons, ficamos tristes por algum motivo.

Cliff deixou escapar uma risada fraca com a fala do bartender. Assim como ele dissera, o sonho deixara Cliff profundamente entristecido. Tão entristecido que seu peito doía – teria preferido que fosse um pesadelo.

— Sobre o que era o sonho?

— Sonhei que tinha voltado ao passado. Um sonho em que eu corrigia o meu erro de cinco anos atrás.

— O senhor está falando da namorada que mencionou há pouco, certo?

— Sim, isso mesmo. Talvez por ser um sonho, tudo se resolveu muito facilmente. Assim que me desculpei, ela me perdoou. Será que teria sido assim na vida real também?

Cliff dirigiu o olhar para o bartender com cuidado. Não era possível saber se seus olhos estavam vermelhos por causa do sonho ruim ou pelos arrependimentos do passado, mas seu rosto precisava de palavras de consolo.

— Há várias razões para se discutir com a pessoa que amamos, mas, a meu ver, é mais comum essas brigas começarem a partir da indiferença do que de grandes desentendimentos. Porque ficamos mais decepcionados com pessoas próximas do que com desconhecidos. Quando sua ex-namorada olhasse para o senhor e visse que havia refletido sobre seus erros, consideraria isso o suficiente para perdoá-lo.

Cliff assentiu fracamente com a cabeça. Seus olhos ainda estavam avermelhados, mas parecia ter se recuperado completamente do sonho.

— Nós estivemos juntos por sete anos. Pensei que já havia passado tempo o bastante após a separação, mas vejo que cinco anos ainda não foram suficientes para esquecê-la.

— Não fique se martirizando, Cliff.

Com as palavras de consolo do bartender, Cliff sentiu algum alívio no aperto em seu peito. Sentia como se o homem de cabelo azul e ar peculiar fosse seu amigo agora. Era alguém que tinha acabado de conhecer, mas depois de abrir seu coração para ele, sentia-se muito mais próximo. Agora até mesmo se sentia envergonhado por ter puxado conversa com o bartender apenas para conseguir alguma inspiração para o seu próximo trabalho. Por esse motivo, Cliff decidiu abrir seu coração mais um pouco. Sentia-se à vontade para conversar até mesmo sobre fantasias absurdas com o bartender à sua frente.

— No sonho, por tê-la escolhido, meu livro não fez sucesso. Mesmo assim, eu não me arrependi.

O bartender, que o ouvia em silêncio, abriu um sorriso gentil e perguntou:

— O que seria "sucesso" na sua opinião, senhor Cliff?

As palavras do bartender pareciam ter atingido Cliff como um golpe na parte de trás da cabeça. Sucesso. Claramente era uma questão de dinheiro.

*Sucesso...*

Cliff se perdeu em pensamentos. Desde quando o sucesso com o qual tanto se resumia a dinheiro? Aparentemente, sua vida de pobreza, em algum momento, havia deixado seus sentimentos pobres também. Talvez o motivo de estar completamente sem inspiração nos últimos dias fosse justamente esse: em vez de pensar na mensagem que queria passar com seus textos, ele buscava apenas temas provocativos.

— O sucesso para mim é escrever textos que tocam as pessoas. Digo, textos que possam colocar um sorriso no rosto daqueles que eu amo.

Cliff pensava que gostava muito mais de escrever do que de qualquer outra coisa. Mas, pensando bem, parecia que gostava mesmo era do rosto sorridente das pessoas depois de ouvir suas histórias.

Sentiu, então, aquela sensação de leveza – como estar nas nuvens quando criança – se espalhar calorosamente do fundo do coração por todo o corpo.

— Vendo por esse lado, acabei me arrependendo de muitas coisas. Estou repleto de decisões que gostaria de mudar. Se máquinas do tempo existissem, descarregariam completamente por causa de mim.

— Não é linda justamente por acontecer apenas uma única vez?

Não uma vida perfeita, mas uma vida bela. Os cantos dos lábios de Cliff se curvaram levemente. Estar com o bartender realmente lhe trazia inspiração.

— Acredito que o senhor poderia largar o emprego de bartender, pegar uma caneta, e ainda assim escrever textos tão doces quanto os coquetéis que prepara.

Cliff colocou os braços para trás da cabeça e se espreguiçou. Precisava voltar para casa o quanto antes. Tinha um compromisso importante no dia seguinte. Olhou para o crachá do bartender e perguntou, com cuidado:

— Posso chamá-lo de "Moon"?

— Claro que sim.

— De agora em diante, preciso vir aqui de vez em quando. Nessas visitas, peço que seja o meu parceiro nessas conversas.

Cliff levantou-se de seu lugar com um sorriso radiante. Moon também reagiu com o rosto sorridente.

Assim que tirou o cartão da carteira e o estendeu a Moon, um *bip-bip* soou do caixa, e o pagamento foi concluído. Por algum motivo, a garçonete ao lado abriu bem os olhos e ficou observando atentamente o processo.

— Espero que faça uma escolha da qual não se arrependa, senhor Cliff.

*Tri-lim* – a porta se fechou com o barulho do sino. O vento gelado roçava suas bochechas, mas, graças ao calor que sentia por dentro, não estava com frio. Caminhando com passos leves, teve de repente uma dúvida:

*Eu disse meu nome para ele?*

— Sim, é aqui por perto. Chegaremos daqui a pouco.

— Ainda bem. É que são pessoas muito exigentes com a pontualidade nos compromissos. Então, nos veremos daqui a pouco...

*Plim!*

Cliff enterrou o celular no fundo do bolso. Recentemente, a temperatura havia despencado e, caso não apressasse os passos, logo suas orelhas se transformariam em gelo puro.

Cliff ocasionalmente olhava para a vitrine das lojas e inspecionava suas roupas. Ainda não acreditava que estavam produzindo um filme baseado em seu livro. A pessoa com quem iria se encontrar era um diretor famoso, decidido a transformar o projeto em um sucesso de bilheteria. Fazia bons filmes, mas também era conhecido por ser exigente.

— Hum?

Na faixa de pedestres de um cruzamento de quatro vias, seus olhos se encontraram, como se fosse destino, com os de uma única pessoa entre as que esperavam o sinal vermelho.

— Helen!

Risadas escaparam da boca dela. Graças ao tempo passado, o ressentimento que guardavam um pelo outro havia enfraquecido faz muito tempo. Helen ajeitou seu cachecol e o cumprimentou.

— Há quanto tempo! Tudo bem?

— Hã? Ah, sim…

Passado o momento de surpresa, rapidamente se instaurou um clima estranho. Cliff mexeu como pôde sua língua endurecida e se esforçou para melhorar o clima.

— Tu-tudo bem com você também?

— Claro. De vez em quando ouço falar de você.

— Sério?

— Para ser exata, tenho mais lido do que ouvido. Você foi entrevistado como um escritor *best-seller*, né? Eu vi o artigo na internet...

— Ah, entendi.

Uma pequena emergência se formava nos lábios de Cliff, que gaguejavam contra sua vontade. Felizmente, Helen sabia bem como manter o clima leve e deu continuidade à conversa. Perguntaram e responderam sobre que trabalho tinham atualmente, com quem estavam se relacionando, para onde iam, entre outras coisas.

Ela o parabenizou pela possibilidade de seu romance virar filme, e os cantos dos lábios dele se curvaram alegres ao descobrir que Helen ainda estava solteira.

— O semáforo mudou.

Assim como dito por Helen, o semáforo havia mudado e, com ele, as pessoas que antes estavam paradas começaram a se mover. Todos os sinais para pedestres no cruzamento estavam verdes, mas o destino final das duas apontava para direções distintas.

— Então, agora…

Estava na hora de se despedir. Com o coração aflito, Cliff pediu o número de seu telefone. Ela riu e pronunciou os dígitos com tranquilidade.

— Eu te ligo. Depois, vamos nos encontrar um dia desses.

Com essas palavras, ela concordou com um leve acenar de cabeça. Mas Cliff ainda estava ansioso. Sentia que, se se despedissem assim, nunca mais se veriam.

— Então… até mais.

Ela deu as costas e seguiu seu caminho. E não era na mesma direção de Cliff. Tinha um sorriso fraco no rosto. E Cliff sabia. Sabia que era o tipo de expressão que ela fazia quando deixava de dizer o que realmente queria dizer.

Cliff olhou para a direção que precisava seguir. O relógio dourado em seu pulso avisava que, se não se apressasse, se atrasaria para o compromisso. Cliff precisava mudar a direção de seus passos. Se não se apressasse, seu sonho poderia se despedaçar.

— Sonho. Isso, sonho.

O semáforo oscilante indicava estar próximo de seu fim. Cliff reuniu todas as suas forças e correu em disparada. O vento gelado que agredia suas bochechas o fazia se lembrar de certo sonho caloroso.

— Helen!

*Vrum!*

Com a mudança do semáforo, os carros começaram a se mover. As pessoas que atravessavam a rua também apressavam seus passos. Restaram apenas duas pessoas paradas em frente ao cruzamento.

— Cliff?

— Não quer jantar comigo? Não depois. Hoje. Agora.

Apesar da distância curta, estava sem fôlego de tão rápido que correra. Cliff arfava e mexia a boca sem parar para continuar falando. Ele não queria repetir o mesmo erro. Não queria deixar seu sonho escapar quando estava bem à sua frente.

— Eu… por isso.

Cliff recuperou o fôlego e levantou a cabeça cuidadosamente. Tremia tanto que parecia prestes a enlouquecer, tomado pelo medo da rejeição. Mas não fugiu.

— Cliff, às vezes você parece tanto uma criancinha...

Ela sorriu. Não era o sorriso que fazia quando deixava de dizer o que realmente queria. Lá estava seu calor inequívoco, capaz de neutralizar o vento frio; o calor do qual tanto sentira falta.

# 4

# O PROCESSO DE PRODUÇÃO DA BEBIDA

*Cha-ching, cha-ching!*

A expressão facial de Coelha da Lua enquanto acionava repetidamente a caixa registradora no balcão parecia completamente insatisfeita. Não era de se admirar; tinha muita experiência com trabalhos de meio período, então sabia operar o caixa. Mas se sentiu ridícula enquanto segurava o cliente e enchia linguiça inutilmente até Moon chegar. Como os pagamentos que Moon recebia dos clientes pelas bebidas eram todos excêntricos, ela nunca tinha nem sonhado que era possível pagar com dinheiro ou cartão.

— O senhor não poderia pelo menos escrever algum preço no cardápio? Assim o pagamento seria mais conveniente, não acha?

— Se o método de cobrança do preço varia para cada cliente, como vou escrever tudo ali?

*Lá vai ele de novo.*

Coelha da Lua franziu o rosto até parecer uma folha de papel amassado. Moon estava sempre respondendo às suas perguntas com esse tipo de resposta indecifrável.

Com o cardápio foi a mesma coisa. A loja tinha um cardápio para cada uma das categorias: "Emoções" e "Ambientação". Sempre que chegava um cliente, Moon escolhia uma dessas categorias e entregava o cardápio a ela – mas Coelha da Lua ainda não sabia qual critério ele usava para tomar essa decisão. Esse também foi um dos motivos pelos quais não conseguiu entregar um cardápio imediatamente ao cliente da última vez. Claro, além do fato de que também não sabia preparar os coquetéis.

De qualquer forma, quando outra situação parecida acontecesse de novo, ela entregaria o cardápio correto. Com isso em mente, Coelha da Lua perguntou a Moon qual era o critério de escolha dos cardápios, mas a resposta que recebeu foi bizarra.

— Siga sua intuição, e a história vai encontrar o cliente.

Era uma resposta inaceitável para ela.

— E o que eu faço se por acaso escolher o cardápio errado para o cliente?

Contrastando com a expressão grave no rosto dela, Moon continuava ajeitando uma garrafinha aqui e outra ali, como se o assunto não fosse nada importante. Sem virar a cabeça, respondeu casualmente dessa vez:

— Você já foi a uma livraria?

— A uma livraria? Por que essa pergunta de repente? Já trabalhei em uma por um tempo...

— Uau, você já fez de tudo mesmo, né? Então já deve ter comprado livros também, certo?

— Sim... E, para fazer isso, eu precisava saber de muita coisa.

Assim que ela disse isso, Moon esboçou um sorriso e apontou com o dedo. Parecia que era exatamente a resposta que ele queria.

— Pois é, é isso! Costumamos comprar não os livros que já lemos, e sim aqueles cujos conteúdos desconhecemos. E mesmo em meio a esses desconhecidos, há vezes que abrimos o livro sem qualquer expectativa e ele acaba nos conquistando, né? Também foi assim com os meus livros favoritos de todos os tempos. Eu estava numa livraria pequena, só dando uma olhada, sem intenção de comprar nada específico... e acabei os encontrando. Tive sorte.

— O que isso tem a ver com qual cardápio eu deveria dar aos clientes?

— Se eu tivesse ido a uma livraria enorme, daquelas com todos os tipos de livro, teria comprado só o que já queria. E, então, nunca teria encontrado os melhores livros da minha vida. Eu quis colocar esse acaso nos cardápios também.

Coelha da Lua, que estivera escutando Moon até agora, encarava os dois cardápios sobre a mesa com uma expressão nada entusiasmada.

— O senhor não está sabendo? Atualmente estamos numa época em que apenas as grandes livrarias sobrevivem. Não seria melhor diminuir o número de itens e fazer um cardápio só? Depois, quando a loja crescer, basta fazer um cardápio enorme com todos os itens daqui escritos.

— Você tem muita experiência, mas realmente nenhum romantismo. Quando se trata de drinks, o romantismo e a ambientação acabam sendo mais importantes do que o teor alcoólico.

Coelha da Lua pressionou com força a cabeça latejante. Pensou, mais uma vez que, por mais que tentasse encontrar outro motivo, só podia culpar Moon pelo fracasso da loja. Sabendo disso ou não, ele continuava sorrindo, mesmo quando ela suspirava profundamente.

— Não se preocupe. Porque aqui é o lugar onde coincidências viram destino, lembra?

Talvez Coelha da Lua também estivesse rindo "há-hás" e "hô-hôs" à vontade, como ele, se não fosse por uma cláusula especial no contrato de trabalho. Mas seu contrato tinha uma cláusula dizendo que "em meses que ultrapassarem o número de vendas estipulado, será pago um bônus". Na situação de Coelha da Lua, em que qualquer moedinha fazia falta, a garçonete só conseguia ficar impaciente.

— Ah, acabou tudo.

Moon balançou a garrafa pequena que segurava com a mão. Não havia sequer o som de algo chacoalhando lá dentro – estava completamente vazia. Mas não era apenas aquela garrafa – outros recipientes de ingredientes também já estavam com o fundo à mostra.

— Nem temos clientes... Como os ingredientes podem ter acabado?

Por estar de mau humor, Coelha da Lua deixara palavras insensíveis escaparem de sua boca antes que percebesse. Avaliou a reação de Moon com cuidado, mas ele não dava sinais de ter se importado. Ao contrário, parecia até animado.

— Estou vendendo na internet. Está indo melhor do que eu imaginava.

— Vendendo na internet?

Coelha da Lua não sabia nada disso. Com a garçonete de queixo caído, Moon resmungou, insinuando:

— Ué, mas devo conseguir te dar um bônus esse mês...

— Chefe...

Ao ouvir a palavra "bônus", uma onda de respeito por Moon inundou Coelha da Lua. Assim como se espera do dono da loja, o responsável por tudo.

Decidida a se empenhar no trabalho, continuou a limpar a mesa com ainda mais vigor.

— Vamos juntos comprar uns ingredientes — Moon disse.

Coelha da Lua concordou com a cabeça imediatamente.

— Sim, claro! O senhor sabe que sou uma coelha bem forte, certo?

Seus olhos ficaram vermelhos, e os braços, antes frágeis, tornaram-se grossos como pedregulhos. Fez uma pose para destacar os músculos e recebeu a aprovação satisfeita de Moon com um aceno. Aproveitando a ajuda da funcionária, planejava comprar de tudo e preencher o estoque.

- 36 garrafas de 2 litros de lágrimas do Coelho das Lágrimas
- 62 pares de covinhas com sorrisos
- 186 bocejos diurnos
- 32 garrafas térmicas de fúria

Moon cantarolava e riscava cada item comprado com uma caneta vermelha. Das páginas e páginas que se acumulavam no bloco de notas, restava apenas uma. Moon olhou para trás furtivamente e viu Coelha da Lua arfando e respirando com dificuldade.

A bolsa onde os itens entravam infinitamente havia crescido tanto que já superava a garçonete em tamanho.

— Fica descansando aqui um pouquinho, porque eu preciso ir encontrar uma pessoa — falou Moon, e Coelha da Lua desabou no banco da parada de ônibus para descanso. Ainda pingando de suor, engoliu toda a bebida que Moon pegara para ela da máquina de vendas automática. Só depois disso recuperou um pouco da energia.

— Ainda falta comprar alguma coisa?

— Não, agora acabou. Só vou dar uma passada aqui e depois volto. Pode demorar um pouco... Você quer ir na frente?

— Não, tudo bem. Vá e aproveite. Vou ficar aqui descansando — respondeu Coelha da Lua, balançando a cabeça em negativa repetidamente. Finalmente chegara o momento de descanso tão aguardado. Apoiou a bolsa no chão e se jogou no banco, deitando-se.

Moon se dirigira a algum lugar desconhecido e deixara Coelha da Lua sozinha, quieta e em silêncio, descansando de olhos fechados. A brisa que soprava gentilmente parecia acariciar de leve sua franja molhada.

Bocejou. Conforme o vento secava suas gotas de suor, suas pálpebras ficavam cada vez mais pesadas. Os músculos tensos relaxaram, a respiração irregular se estabilizou e passou a ouvir os sons dos arredores.

Às vezes, os gritos dos vendedores ecoavam ao longe, mas estavam tão distantes que mal os percebia. Mais perto, ouvia o gorjeio dos pássaros – uma verdadeira canção de ninar. Galhos se moviam ao vento, e o calor suave do sol envolvia seu corpo. Estava prestes a fechar os olhos pesados por completo quando…

— Com licença…

— Não estou dormindo!

O chamado repentino acordou completamente sua consciência adormecida. Pondo-se de pé, Coelha da Lua analisou seus arredores com os olhos apenas meio abertos. Mas não estava vendo Moon.

— Aqui.

Olhando para baixo, viu um pequeno coelho rosa.

— A senhora é protetora das estrelas, certo? Aquela… responsável pela Lua… seu nome é Dae Bo-reum, certo?

O coelho rosa olhou de soslaio para as orelhas protuberantes de Coelha da Lua, hesitante. A palavra "protetora" causava desconforto em Coelha da Lua. Já fazia muito tempo que desistira desse trabalho. O emprego tão sonhado por outras fadas parecia, nela, como roupas do tamanho errado.

— Não sou mais protetora. Estou trabalhando como garçonete de uma loja pequena atualmente — dissera Coelha da Lua, engolindo as emoções amarguradas.

Em contraste, o coelho rosa parecia feliz por algum motivo, e bateu palmas.

— Então estou certo? Ouvi falar que estava trabalhando na Terra. Por causa disso, estava querendo lhe perguntar uma coisa antes mesmo de encontrá-la.

Bem baixinho, o coelho rosa acrescentou:

— Claro, se não for um incômodo...

Diferentemente de Coelha da Lua – que parecia uma pessoa comum, exceto pelas orelhas de coelho – o coelho rosa tinha realmente a aparência de um coelho.

A superfície de seu corpo, do tamanho de uma criança pequena, escorria como se chorasse, mas as gotas não molhavam o chão. Um coelho feito de lágrimas cor-de-rosa. Era evidente que se tratava do Coelho das Lágrimas.

— Meu nome é Bato. Sou consultor de vendas de lágrimas, responsável justamente pela Terra. Mesmo eu nunca tendo pisado lá!

O Coelho das Lágrimas começou a se queixar do sistema injusto de sua empresa. Disse que seu amigo recebia o mesmo salário anual, mas cuidava do estoque de lágrimas – que, como não estavam vendendo, o deixavam sem nada para fazer. Enquanto isso, seu superior o fazia trabalhar além do limite, impiedosamente, sem lhe dar descanso. Após longas reclamações sobre suas condições de trabalho, Bato finalmente caiu em si com um "ah, é mesmo"... Ao ver o rosto de Bo-reum, retornou ao assunto original.

— Enfim! O importante é que as lágrimas vendidas na Terra estão absurdamente abaixo do valor previsto!

Coelho das Lágrimas pegou a folha de papel que segurava e abriu-a no chão. O pequeno montinho de papel foi se abrindo continuamente e cresceu até ficar do tamanho do Coelho das Lágrimas. Comparado ao seu tamanho enorme, o conteúdo escrito na folha era simples.

Um gráfico de barras, com eixo horizontal e outro vertical desenhados... As barras se estendiam progressivamente ao longo do eixo horizontal, denominado "ano". Quando Bo-reum virou a cabeça para a esquerda, encontrou o eixo vertical com a denominação "tristeza" indicada no gráfico.

— Todo ano, o índice de tristeza está atingindo o seu ápice! Estava claro que este ano também seria alto. Até eu imaginava isso!

O Coelho das Lágrimas bateu fortemente com a mão no gráfico contínuo, indignado. Tal como dito por ele, a barra que representava o ano atual no gráfico era mais comprida que todas as outras.

— Entretanto, as lágrimas não vendem! Obviamente precisamos vender uma quantidade de lágrimas proporcional ao índice de tristeza, mas... não sabemos por que cargas d'água as pessoas não estão chorando.

Com as duas mãos, o Coelho das Lágrimas agarrou suas orelhas gotejantes e as enxugou repetidamente. E então, balançando a cabeça de forma adorável, exprimiu toda sua confusão e tristeza.

— Por causa disso, todo mundo está me culpando. Por outro lado, a equipe de produção de covinhas está em crise, certo? O índice de felicidade está caindo a cada dia... então como é possível que as pessoas ainda estejam sorrindo? Como pode isso? Não estão felizes, mas sorriem. Não é muito esquisito?

Bo-reum se lembrou do período em que passara na Lua. Se levantasse a cabeça, a imagem da Terra brilhando azulada se revelava acima. Era óbvio que aquele brilho azul chamaria sua atenção inevitavelmente. Qualquer um que olhasse para aquele lindo planeta acabaria se encantando por ele. Mas, se observasse mais de perto, veria que nem tudo sobre a vida na Terra era tão belo assim.

Estão inundados pela tristeza, mas não podem chorar; não estão felizes, mas sorriem: eles costumam usar a palavra "vida em sociedade" como um floreio para justificar essa atitude.

Se Coelha da Lua vivesse na Terra, também precisaria agir da mesma maneira. No começo, sentir-se-ia incomodada, mas, com o passar do tempo, acabaria fazendo o necessário para sobreviver, assim como os outros.

— Por acaso a senhora Bo-reum saberia? Por que as pessoas da Terra...

— Bato! Onde é que você foi se esconder para fugir do trabalho? Anda logo, não vem, não?!

Virando a cabeça em direção à voz enfurecida, encontrou no lugar outro Coelho das Lágrimas encarando Bato furiosamente, com um olhar ameaçador. Por causa da enorme cicatriz no olho, sua aparência era incomparavelmente mais aterrorizante do que a do Coelho das Lágrimas à sua frente.

— Ick! — assustou-se Bato, apressando-se a entregar um cartão de visita enquanto gritava. — Certifique-se de entrar em contato comigo se souber a razão disso! Conto com a sua colaboração!

— Bato!

O novo berro fez o Coelho das Lágrimas irromper em choro com um "unhéé" e sair correndo. Não havia nenhum indício de falsidade em sua face. Se estava triste, sua expressão facial também era triste; se estava indignado, seu rosto também mostrava indignação – mesmo diante de seu superior. Assistindo a essa situação, Bo-reum teve uma sensação esquisita. Então, em silêncio, apenas brincou com o cartão de visitas entre os dedos.

Assim que eles voltaram e deixaram as compras na loja, Moon virou em sua direção com uma mensagem implícita no olhar. Parecia que ainda faltava comprar alguns itens.

— Ainda tem mais?

— Por último, ainda falta um lugar. O mais importante.

Coelha da Lua suspirou profundamente. Moon sorriu, sabendo que ela gostaria de ir junto.

Moon estalou os dedos com um *tlec* em direção a uma parede vazia e, em seguida, uma nova porta apareceu, como se estivesse esperando por ele.

*Nheeec!*

Ele girou a maçaneta aparentando costume e entrou primeiro, de fininho.

— Oof… — respirou fundo Coelha da Lua mais uma vez enquanto olhava para a nuca de seu chefe, que tinha os passos inusitadamente leves. Mas seu suspiro logo se transformou em uma exclamação de admiração.
— Uau, é grande pra caramba. É minha primeira vez num lugar assim.

O lugar no qual entrara enquanto seguia Moon era uma biblioteca. Estantes repletas de livros estavam dispostas lado a lado, todas com o mesmo espaçamento – como se alguém tivesse medido a distância entre elas com uma régua.

*Até onde será que vai?*

Esticou o pescoço em meio às estantes para tentar ter uma ideia de onde acabavam, dando uma olhada ao redor, mas como elas ocupavam todo o espaço que sua vista alcançava, era impossível fazer uma estimativa.

— Os livros parecem ter vida.

Um lugar nada familiar, mas aconchegante. Das estantes intermináveis, pareciam vir vozes em sussurros. De um dos livros, ouvia-se uma canção de amor; de outro, os batimentos cardíacos de um cavaleiro corajoso. Outro ainda exalava o cheiro de álcool.

E não havia apenas livros alheios. Alguns deles continham histórias que poderiam estar acontecendo em algum lugar por perto.

A história de alguém em busca de emprego que viu seus esforços de anos serem em vão. A história de um trabalhador que não desiste de seu sonho mesmo em meio à vida atarefada. A história de uma criança que derrama lágrimas por se encontrar dominada pela inércia. Como se dissessem que cada vida tem sua história, todos os livros brilhavam com uma luz forte.

— É o lugar que eu administrava antes. Trabalhar aqui já foi gratificante um dia.

Era a primeira vez que ouvia falar disso. Moon não costumava falar muito de si mesmo.

Bo-reum acenou com a cabeça e perguntou, sem pensar muito:

— Então por que o senhor se demitiu?

— Tecnicamente falando, fui demitido.

Fingiu cortar o próprio pescoço com a mão e continuou:

— Porque infringi a cláusula que dizia para não interferir no conteúdo do livro. Os velhotes têm a mente muito fechada, né? Agora quem está administrando é meu irmão mais novo.

Ouvindo a história de Moon, Coelha da Lua pensou no seu próprio irmão mais novo e deixou escapar um riso baixo. Ela nunca conseguia saber o que se passava em sua cabeça, mas hoje sentiu que tinham muito em comum. Principalmente o fato de terem deixado um emprego que vinham exercendo por muito tempo.

Quando se lembrava da época em que via o trabalho dos protetores como sua missão, um sentimento estranho de tristeza a invadia. Não queria se deixar afundar na depressão, então fez outra pergunta a Moon:

— E depois de ter sido demitido, ainda conseguiu autorização de acesso? Mesmo assim... ainda bem que seu irmão mais novo é o gerente atual.

Parado em frente a uma estante, Moon escolheu alguns exemplares e desceu enquanto os lia. Com os olhos fixos num dos livros, abriu a boca e disse, com um ar duvidoso:

— Do que você está falando? Claro que eles não me deram permissão de acesso. Devem estar com sangue nos olhos para me pegar até agora, viu? E se pegarem, vou ter que fechar a loja.

— Como?

Mesmo enquanto revelava uma história séria como essa, o rosto de Moon continuava livre de preocupações. Certa de que era alguma piada, olhou para seu chefe e riu com um "ha-ha". Ele desviou o olhar do livro, virou em sua direção e fez "ha-ha" igualmente. Sentiu um arrepio nada usual percorrer sua espinha.

— Então o senhor está dizendo que acabamos de entrar aqui sem permissão? Que isso! Está de brincadeira, certo?

— Isso deve ser o bastante.

Moon carregava tantos livros que precisava dos dois braços para segurar tudo. Transferiu para Bo-reum os exemplares aos quais se abraçava. No momento em que recebera os livros...

*Uii-oon, uii-oon!*

Um alarme de emergência ecoou em todas as direções enquanto uma luz vermelha piscava.

— Ah, fomos pegos...

— Como é? "Ah, fomos pegos..."? É isso o que você vai dizer? O que vai fazer agora?

— Sem esses livros, não consigo fazer as bebidas. Então também não vou poder te dar seu salário. Não acha melhor as histórias serem usadas para alguma coisa em vez de ficarem paradas nas estantes apenas acumulando poeira?

Isso não era normal. Bo-reum nem sabia o que deveria rebater primeiro.

*Ta-ra-ra-rac!*

Sobre as janelas pelas quais entravam a luz do sol veio descendo uma cortina metálica de segurança, e os arredores foram escurecendo progressivamente. Se as coisas continuassem desse jeito, parecia que realmente qualquer coisa poderia acontecer.

— Ei! O que você está fazendo? Se é assim, anda logo e abre alguma porta!

— Não dá. Se passarmos por aquela porta segurando os livros, vamos ser descobertos.

— Então o que vamos fazer?!

— Se passarmos pelas histórias, podemos não ser descobertos.

Ao contrário dela, que tinha o rosto completamente franzido de preocupação, Moon continuava consultando as estantes com tranquilidade. Como se não estivesse ouvindo os passos pesados que se aproximavam com um retumbante *tum-tum-tum*.

Ao procurar por outro livro despreocupadamente, pareceu finalmente encontrar algo que lhe apetecesse e assentiu com a cabeça, satisfeito. E então pôs o livro sobre a testa de Bo-reum.

— Conto com você.

— Como assim "conta comi…?!

Não havia motivo aparente para dizer aquilo. Mas, infelizmente, antes mesmo que ela encontrasse uma maneira de rebater, o livro em sua testa começou a emitir uma luz oscilante.

*Vuush!*

Junto com o brilho momentâneo de luz que inundou todo o local, sumiu qualquer vestígio de Coelha da Lua. Quando os seguranças armados chegaram, Moon também não estava mais lá.

— Aahh!

Fechando bem os olhos, Bo-reum se recolheu. Mas a sensação urgente de que algo a atingiria a qualquer momento já havia passado.

Quando abriu os olhos aos poucos e observou os arredores, percebeu que estava em um planeta muitas vezes menor do que a sua Lua. Em seus braços, segurava os livros que Moon lhe entregara.

— Não sei como ele espera que eu volte para casa…

Procurando por alguma constelação conhecida, ela girou a cabeça rapidamente de um lado para o outro. Mas, naquele espaço coberto pela escuridão, não viu nem um mísero brilho de alguma estrela familiar. Estava em apuros.

*Onde será que eu errei? Quando desisti de ser protetora? Quando deixei a Lua e fui para a Terra? Quando comecei a trabalhar numa loja esquisita?*

Considerou, também, se tudo não havia começado a dar errado quando conheceu Moon. Soltou um suspiro tão penoso que parecia reverberar por todo o espaço, até que sentiu alguém tocar seu ombro.

— Ah!

— Ah, desculpa. Não queria te assustar.

Agarrando o peito retumbante e se virando para olhar, encontrou um rosto conhecido. A menina era particularmente alta – mesmo entre as fadas do espaço. Os olhos daquela que, mesmo sendo alvo do escárnio das outras fadas, desejava ser uma protetora, estavam ali, bem à sua frente.

— Pamina?

— Há quanto tempo, Bo-reum!

Bo-reum e Pamina, Pamina e Bo-reum. As duas eram inseparáveis na infância. Enquanto Pamina queria ser uma protetora das estrelas mesmo sendo uma fada, Bo-reum queria trabalhar com o embelezamento das estrelas assim como as fadas, mesmo sendo uma coelha bem forte.

— Há quanto tempo...

As duas, que antes davam forças uma para a outra enquanto gargalhavam juntas, com o passar do tempo, cresceram tanto que agora se sentiam acanhadas. Para ser exato, Bo-reum sentia uma distância maior de Pamina. Porque, ao contrário dela, que trabalhava como garçonete, Pamina tinha conseguido se tornar a protetora que tanto almejava.

— O que você está fazendo aqui? Por acaso se perdeu?

— É que eu tive um problema…

Pamina riu, brincalhona, como antigamente. Mas quando Bo-reum evitou seu olhar e abaixou a cabeça, imediatamente surgiu uma tensão no ar.

Fazia muito tempo que Bo-reum havia deixado o trabalho de protetora. Também já havia devolvido a bússola de encontrar caminhos. Pamina também tinha ouvido falar que Coelha da Lua desistira de ser protetora. *O que eu deveria dizer?*, pensava, mas nada vinha à mente. Entretanto, encontrar caminhos era algo que Pamina fazia muito bem.

— Ah, entendi. Para onde você vai? Eu vou te guiar!

Bo-reum não estava nem um pouco a fim, mas não havia outra maneira. Assim, seguiu Pamina em direção à Terra.

Durante todo o caminho à Terra, Pamina tocou sua flauta. O canto belo que vinha do instrumento protegia os planetas ao redor. Até mesmo rochas que provocariam desastres ao cair se afastavam, como se abrissem caminho, diante do som da flauta. Quieta e em silêncio, Bo-reum observava as costas da amiga e apenas a seguia. E, assim, conseguiu chegar à loja em segurança.

— Obrigada, Pamina. Se não tivesse te encontrado, entraria para a lista de desaparecidos do espaço.

Hoje, o letreiro que dizia "livraria de bebidas" parecia especialmente pequeno. E ela se sentia insignificante por ser a garçonete dali. Reprimiu as emoções e fingiu estar contente. Pamina também se esforçou para fingir não perceber o clima tenso.

— Bo-reum, não quer marcar uma saída comigo depois? Igual nos velhos tempos...

— Quero.

Bo-reum sorriu enquanto assentia com a cabeça, e Pamina bateu palmas de alegria. E assim o curto reencontro chegou ao fim. Pamina seguiu o caminho de volta às suas funções.

Bo-reum acenou até não ver mais Pamina e, mesmo depois que sua amiga já tinha se afastado completamente, continuou olhando apenas para o céu, em contemplação.

— Aahh…

*Tri-lim!*

O barulho do sino pendurado na porta e a iluminação tênue a receberam ao mesmo tempo. De pé dentro da loja, o humor de Bo-reum não estava nada bom. Via o lugar do qual gostava por ser aconchegante com outros olhos. E, agora, não gostava nem um pouco.

— Bom trabalho hoje.

Assim que Bo-reum repousou os livros sobre a mesa, Moon a cumprimentou com o rosto sereno. Sentindo uma irritação súbita, ela apontou para o relógio na parede e exclamou:

— Já passou do horário do meu expediente. Isso quer dizer que, a partir de agora, eu sou uma cliente!

Tendo dito isso, puxou uma cadeira e se sentou. De chefe e funcionária para bartender e cliente, a dinâmica relacional dos dois mudava completamente. Moon olhou rapidamente para Bo-reum e, vendo que seus olhos pareciam prestes a soltar faíscas a qualquer momento, repuxou o canto dos lábios quase imperceptivelmente.

— Seja bem-vinda, senhora cliente. A senhora vai fazer algum pedido?

Era um sorriso diferente de suas brincadeiras de costume. Estava realmente a tratando como trataria uma cliente. Depois de receber o cardápio, Bo-reum passou os olhos pelos itens com calma. Entre as opções de "Emoções" e "Ambientação", ela escolheu o cardápio da segunda categoria.

Quando perguntou a Moon daquela vez sobre qual cardápio deveria entregar, ele respondeu: "Siga sua intuição, e a história vai encontrar o cliente".

Bo-reum queria negar a ele a euforia de seu romantismo. Escolheria qualquer coisa do cardápio e, independentemente do resultado, diria: "Ah, não foi a bebida certa para mim".

— Eu...

Estava decidida a escolher qualquer coisa. Se possível, queria escolher alguma coisa com um nome horrível. Mas um item difícil de ignorar, ainda mais estando em sua posição, acabou inevitavelmente chamando a sua atenção.

Como se lesse sua mente, Moon perguntou: "A senhora gostaria desse?" Dura como se estivesse congelada, sua boca não se abria. Então, enfim, assentiu com a cabeça.

— Estarei preparando o item imediatamente.

Logo em seguida, Moon começou a dar os últimos retoques nos ingredientes. O limão refrescante só de olhar e o açúcar doce pareciam estar dançando. A fermentação terminava com alguns toques seus e o gás subia borbulhante. O pó azul que salpicou sobre a bebida também era algo que ela já tinha visto antes.

— Aqui está sua "Fada do Espaço".

A bebida que Moon dera para a cliente que se transformara em uma criancinha. A história de Pamina estava bem à sua frente.

— Diferentemente da outra vez, eu acrescentei álcool na bebida. Aproveite com moderação.

A história da fada alta que queria se tornar uma protetora... Moon mascarara o final da história para a cliente criancinha de antes, dizendo que, "no fim das contas, a fada não conseguiu se tornar uma protetora", pois não podia mostrar a história até o final sem acrescentar álcool na bebida.

Mas agora era diferente. Se tomasse a bebida, descobriria a verdade. Em algum lugar bem no fundo, parecia haver alguém gritando: "Pare agora!" Queria abandonar seu assento o quanto antes, mas, em vez disso, a curiosidade atraiu sua mão para o copo.

*Como será que Pamina se tornou uma protetora?*

Coelha da Lua finalmente virou o copo que segurava e bebeu tudo de uma vez.

"Apenas coelhos fortes podem se tornar protetores". Essas palavras sempre acabavam com o sonho da fada alta. E, toda vez que isso acontecia, o coração da fada alta parecia a imensidão vazia do espaço. *Será que eu deveria desistir?* Nesse dia, também, a menina secou suas lágrimas.

O dia que cascatas de estrelas cadentes pareciam cachoeiras cobrindo o céu noturno... As outras fadas comemoravam o êxodo das estrelas e riam, se divertindo, e apenas a menina observava as estrelas cadentes com tristeza nos olhos.

As estrelas que desapareciam rapidamente em direção a algum outro lugar pareciam o sonho que ela perseguia. Por mais que estendesse o braço e tentasse agarrá-las, elas desapareciam em instantes. E essa imagem a entristecia ao extremo.

O lugar deixado pelas estrelas seria ocupado por outras. Depois que esse dia passar, o céu negro brilhará com belas constelações novamente. Ela sabia disso, mas esse fato não era o suficiente para levantar seu espírito em sofrimento.

Mesmo depois que o show acabou e as fadas se dispersaram, a menina permaneceu quieta e solitária em seu lugar. Mas acabou fazendo uma descoberta. No lugar que havia sido deixado por todas as outras estrelas, uma única estrela se destacava sozinha, como a menina. Como o brilho da estrela era muito fraco, se não estivesse olhando com atenção, não conseguiria vê-la.

A menina se sentiu atraída por aquela luz tênue e se aproximou da estrela. A estrela era muitíssimo pequena e insignificante. Por ser um astro muito velho, as decorações feitas pelas fadas pareciam severamente velhas e desgastadas.

Se a deixasse para lá, a estrela logo desapareceria, mas, por sentir que a estrela sobre a qual ninguém se interessava estava em uma situação similar à sua, a menina não conseguiu se afastar. Por fim, a fada alta decidiu fazer uma faxina no astro.

Enquanto estava varrendo as pedrinhas em desordem para agrupá-las num único lugar, alguém dirigiu a palavra à menina.

— Não há necessidade disso, porque logo desaparecerei.

A menina olhou de um lado para o outro à procura do dono da voz, mas não havia ninguém à vista. Depois de tanto procurar, ela percebeu que o dono da voz era aquele pequeno planeta.

— Isso... é realmente lamentável — disse a fada alta, continuando a varrer.

Se há o nascimento, haverá uma morte. Era um princípio lógico indiscutível, mas um fato triste para a menina, que ainda era jovem. O astro envelhecido reagiu com uma gargalhada contagiante à fala da menina.

— Lamentável nada. É o momento que tanto esperei.

A menina era incapaz de compreender o que o astro envelhecido dizia. Qualquer que fosse a estrela, nenhuma deveria aceitar de braços abertos o momento em que desaparecessem deste mundo. Muito menos uma estrela que não brilhasse tanto quanto as outras.

Notando a confusão da menina, o astro envelhecido acrescentou em um tom de voz suave:

— Muitas pessoas fazem pedidos às estrelas, certo? Quanto mais forte o brilho da estrela na escuridão do céu noturno, mais chance ela terá de receber um pedido. Mas eu não tive essa oportunidade. Porque não consegui brilhar como as outras estrelas, entende?

Cada palavra dita pelo astro envelhecido atingia em cheio o coração da fada alta, porque ela podia sentir a tristeza contida em meio àquela explicação calma. Ele, que era diferente dos outros, percebeu que não era especial - apenas inferior. A tristeza sentida ao enfrentar esse momento era indescritível. E Pamina conhecia bem essa tristeza.

— Então o senhor estava aguardando a sua morte? — perguntou a fada alta, entristecida.

— Não, nunca faria isso. Eu tenho certeza de que vou conseguir brilhar. A razão para eu ter ficado escurecido até agora era para que eu pudesse brilhar muito mais do que todos os outros, entende? E sinto que estamos às vésperas desse momento agora.

A voz frágil do astro envelhecido chegou ao tom de voz mais alto que podia. Mas não conseguiu convencer a fada alta, porque a imagem de sua avó mentindo para lhe dar esperanças estava se sobrepondo à imagem doastro. Entretanto, não queria demonstrar estar decepcionada, então se esforçou para assentir com a cabeça e terminar a limpeza.

— Obrigado, viu. Graças a você, me sinto renovado. Queria lhe dar um presente. Você fica com aquela caixa ali?

Assim como dito pelo astro envelhecido, uma caixa se encontrava no lado oposto de onde estavam. A fada alta não conseguiu sentir um grande interesse pela caixa, mas pensou que era o último presente que o astro poderia dar, então aceitou obedientemente. Com essa despedida, a menina e o astro se afastaram.

Quando chegou a uma distância em que mal podia enxergar o astro, a fada alta experimentou abrir a caixa em suas mãos. Dentro dela, havia uma flauta longa e cheia de pequenos buracos.

*Eu nem sei tocar flauta...*

Estava agradecida, mas imaginava que se tornaria mais um dos itens que guardava por falta de coragem de se desfazer deles, junto com seus antigos brinquedos. Isso se não tivesse presenciado os últimos momentos do astro.

*Uuu!*

A vibração desconhecida fez a fada alta olhar para trás instantaneamente. Tinha vindo da direção onde o astro envelhecido estava. A fada alta prendeu a respiração e acompanhou os últimos momentos do astro, desejando que aquele pontinho fraco que restava brilhasse de verdade pelo menos uma vez.

Mas, ao contrário do que ela imaginava, aquela luz foi se apagando lentamente. Quando até mesmo o pequeno pontinho finalmente desapareceu, a fada alta sentiu que estava prestes a desatar a chorar.

*Também foi mentira dessa vez.*

A menina fungou, tentando conter o pesar que se formava em seus olhos.

*Bam!*

Uma luz preencheu todo o seu campo de visão em um instante, cegando-a.

— Ahh!

A fada alta, sacudindo os braços a esmo no ar vazio do espaço, acalmou-se conforme o foco retornava progressivamente à sua visão.

— O que foi isso?

Uma cor branca preencheu em um instante toda a vastidão do espaço. No centro desse clarão, não restava mais nada. Mas ela tinha certeza de que era ali que o astro envelhecido estava.

— Não era mentira. Ele estava falando a verdade. Foi realmente, realmente um brilho imenso, incomparável a qualquer outro.

Não conseguindo se desvencilhar do encantamento que sentira, a fada alta passou um bom tempo parada no lugar.

O último momento mostrado pelo astro envelhecido fora brilhante o bastante para clarear a escuridão em seu coração. Tinha feito a fada alta voltar a pensar em seu sonho. Sua motivação em se tornar protetora brotou vívida em sua mente.

*Você estava certo. Realmente foi uma luz radiante.*

A fada alta sentiu uma sensação de plenitude alçar voo desde o fundo do seu peito enquanto pensava nas palavras do astro envelhecido. E o astro não a havia deixado apenas com aquele brilho radiante. Sempre que precisava de forças, a fada alta tocava a flauta deixada por ele.

No começo, era desajeitada. Mas a menina insistiu, e no fim aprendeu a tocar uma melodia. Foi nesse momento que descobriu a força misteriosa contida na flauta que ganhara.

Uma força que atraía meteoritos capazes de grandes estragos... Guiados pelo som de sua flauta, muitos astros conseguiram evitar o impacto, e quando foi reconhecida pela sua contribuição, ela finalmente se tornou uma protetora.

— Ahh!

Bo-reum expeliu pelo nariz o aroma demasiadamente doce. Como tinha engolido tudo de uma só vez, o ar quente subiu em um instante.

*Cof, cof!* – veio a crise de tosse e Moon logo lhe serviu um copo de água. Somente depois de beber toda a água gelada em grandes goles, Bo-reum conseguiu se acalmar.

— Gostaria de mais um?

Moon fez a pergunta enquanto olhava para a taça vazia, mas ela negou com a cabeça. Estava sentindo tonturas até aquele momento e achava que não conseguiria lidar com as consequências de beber ainda mais. Os clientes que entornaram mais de uma taça sem hesitar pareciam incríveis aos seus olhos.

Bo-reum apoiou a cabeça na mesa, que estava pesada como uma esponja encharcada. Quando todo o sabor doce se foi, uma secura amarga ainda rondava a sua boca. E seu coração também estava exatamente na mesma situação.

— Que feio…

A história que surgira como uma fantasia em sua cabeça era a história de sua amiga Pamina. Era obviamente uma coisa boa e pela qual deveria parabenizá-la, mas não conseguia sentir alegria nenhuma por causa de seu coração ruim.

Diferentemente de Pamina, que correu atrás de seu sonho até o fim, Coelha da Lua tinha desistido de ser estilista de estrelas e se tornara uma protetora, assim como outros coelhos fortes. Na época, convencera-se de que não havia outro jeito, e que aquilo era o melhor que poderia fazer.

A sombra no fundo de seu coração sussurrava incessantemente que ela sempre ficaria para trás, caso se deixasse obcecar pelo ideal. Por isso, achava que Pamina também se tornaria uma estilista de estrelas, assim como as outras fadas.

Mas agora parecia que ela era a única que ficara para trás. Era um sujeito errante que ainda não sabia usar direito a bússola da vida. Desistira até mesmo de ser protetora e descera à Terra em busca de um novo desafio. Mas a vida não era fácil.

Bo-reum parou para pensar. E se, assim como Pamina, ela tivesse uma oportunidade daquelas? De encontrar uma musa inspiradora no momento em que estivesse prestes a perder toda sua força de vontade, ou de ganhar uma ferramenta capaz de realizar seu sonho? Se tivesse sido assim, será que a essa altura ela já não teria se tornado uma estilista de estrelas confiante?

Junto da embriaguez, veio uma sensação de injustiça, que fazia sua pele coçar como se estivesse coberta de insetos.

— Idiota! Burra, criatura patética!

Precisava culpar alguma coisa, o que quer que fosse. Mas seus xingamentos sem alvo definido acabavam simplesmente voltando e se agarrando a ela.

Bo-reum olhou enfezada para Moon, como se fosse descontar sua raiva nele, mas o chefe estava apenas secando uma taça com toda a calma do mundo.

— Você não deveria pelo menos tentar me confortar?

Ele manteve o sorriso mesmo diante de sua queixa. Furiosa, Bo-reum o encarou de braços cruzados até que ele abrisse a boca.

Moon terminou de organizar os copos e olhou em seus olhos. Antes mesmo de Moon perguntar sobre o que a incomodava, começou a despejar desordenadamente as palavras que guardava para si.

— Você sabia que eu e a fada alta temos a mesma idade? É que nós somos amigas... Você sabe o que eu disse para ela quando fui aprovada para ser protetora?

Bo-reum massageava o próprio rosto enquanto relembrava o passado. Junto com as memórias, veio o rosto triste de Pamina.

— "Agora você tem que aceitar a realidade. Nem mesmo a gente pode ficar agindo que nem criancinhas para sempre." Foi isso o que eu disse. Eu, que era uma zé-ninguém, mas disse isso como se tivesse toda a sabedoria do mundo. Olhe para mim agora. Como nem sorte eu tenho, estou sendo obrigada a ajudar um metido a ladrão.

Bo-reum se lamentou com um suspiro enquanto olhava para os livros sobre a mesa. Estava pensando que não tinha sorte nenhuma. Ao contrário de Pamina, que ganhara até o presente de um astro, desde que Bo-reum chegara à Terra, vinha encontrando inúmeras pessoas que não davam a mínima para os chamados "direitos do trabalhador" descritos em contrato.

Estivera apenas trabalhando duro enquanto as pessoas se aproveitavam do seu desconhecimento para usá-la. Que diferença faria agora?

— É aquilo que dizem. Alguns conseguem, outros não. Parece que eu sou da categoria que não consegue, não importa o que faça.

Assim que botou as palavras para fora, sentiu-se ainda mais infeliz. Mais do que embriagada, parecia estar completamente bêbada. Bo-reum desfez à força o nó formado em sua garganta e se esforçou para se recompor.

*Aparentemente, muitas são como eu.*

Não choram mesmo estando tristes. As lágrimas do Coelho das Lágrimas não deviam estar vendendo bem por causa de muitas pessoas como ela. Enquanto olhava para a taça vazia, Bo-reum suspirou preocupada.

— Será que a minha vida também pode ter um final feliz?

Nada que Moon falasse mudaria sua situação, mas queria ouvir ao menos algumas palavras supérfluas de conforto. Mas quando Moon respondeu apenas com um "quem sabe", Bo-reum se chateou com ele.

— O senhor está sendo muito insensível.

Nem sua lamúria fez Moon dizer algo diferente. Entretanto, colocou petiscos feitos à mão no formato de estrelas sobre um prato colorido e os dispôs à sua frente. Impertinente, Bo-reum disse:

— Eu nunca pedi isso aqui.

— É um presente em agradecimento pela ajuda na compra dos ingredientes hoje. Obrigado pelo trabalho duro.

Era uma atitude puramente gentil, mas seu temperamento ruim não permitiu que esboçasse um sorriso.

Os sete petiscos no total eram grandes o suficiente para apenas uma mordida, e cada um tinha uma cor diferente, então, depois de reunidos em um único lugar, até lembravam um arco-íris. Talvez por estarem arrumados de forma tão harmoniosa e pitoresca, sua teimosia implicante diminuiu um pouco só de olhar.

— Uma história pode ser feita da junção de acontecimentos que se estenderam por anos e também ser concluída com acontecimentos que se passaram em um único dia. O livro da sua vida deve ter tanto finais felizes quanto tristes.

Começou a conversa enigmática de Moon. Com a bochecha quente colada na mesa, Bo-reum examinava os petiscos coloridos em silêncio.

— Acho que, por eu ter um "sonho", estou repleta de apenas finais tristes. Se eu soubesse que seria assim, teria ficado na Lua.

— O final não é definido por você conseguir ou não conseguir realizar o seu sonho. Ele é feito a partir das suas emoções e experiências. O final pode ser triste, mesmo quando se alcança um objetivo, e pode ser feliz, mesmo sem alcançá-lo.

— Então o que seria um final bom?

Com a pergunta de Bo-reum, Moon esboçou uma expressão pensativa pela primeira vez. Ele, que sempre respondia a qualquer pergunta sem titubear, agora mexia os lábios cuidadosamente, como se para essa pergunta realmente não houvesse resposta.

— Quando olhar para trás, perceber que tem poucos arrependimentos... Não seria isso um final bom? Lembrar as dificuldades enfrentadas e, mesmo assim, se envolver tanto com as recordações que acaba abrindo um sorriso, dizendo que era assim naquela época...

Organizou as taças limpas em linha reta e continuou a falar:

— Os arrependimentos estão sempre agarrados às nossas costas, então é difícil evitá-los. Mas o arrependimento de nunca ter nem tentado costuma ser muito maior do que o das tentativas fracassadas. O arrependimento mais comum de pessoas em seus últimos momentos é de que não deviam ter tido medo e que deviam ter se desafiado mais. Vendo por esse lado, acho que você está indo bem.

Enquanto essa última frase deixava a sua boca, mesmo que por um breve instante, ela sentiu a sinceridade no tom suave de sua voz.

O elogio inesperado deixou-a levemente surpresa. Mas seria por causa das críticas que havia recebido de outras pessoas até agora? Diferentemente da sensação quentinha que amolecia seu coração, as palavras que proferiu em seguida foram frias e secas:

— Ainda assim, se não der certo, nada importa. Não tenho ideia do que fazer. Não sei direito se estou mesmo indo bem ou se deveria viver a vida do jeito que falam para eu viver. Já estou exausta de finais tristes.

— Dizem que o período mais frio é logo antes da primavera chegar, e que a escuridão é maior logo antes do sol nascer. São metáforas comuns para mostrar que, antes do sucesso, pode vir a fase mais difícil, por isso, dizem, devemos resistir e tentar só mais um pouquinho.

As taças organizadas em linha reta sobre a mesa retornaram às suas posições como se estivessem enfeitiçadas.

— Mas o que eu penso é um pouco diferente. Assim como a primavera está próxima do inverno e a escuridão e a luz estão sempre lado a lado, não seriam o sucesso e o fracasso semelhantes no fim das contas?

— O que o sucesso e o fracasso têm de parecido? O fracasso é estar totalmente ferrado, e o sucesso é ser o melhor! É uma coisa boa.

Bo-reum resmungou com a língua pesada. Moon riu baixinho e continuou a falar.

— Porque, se ter sucesso é satisfazer os próprios desejos, fracassar é amadurecê-los. Eu, pelo menos, prefiro histórias de amadurecimento a histórias de sucesso.

— Você está dizendo isso só para me consolar, né?

— Não. Eu já não falei? Gosto daquelas cenas até mesmo nos contos de fadas, quando ainda não tiraram a sorte grande, mas os protagonistas continuam seguindo em frente mesmo em meio à incerteza do que está por vir. É que essa visão da perseverança inabalável deles me toca muito. Eu torço por essas pessoas do fundo do meu coração.

Quando viu que Bo-reum ainda estava com uma expressão de descrença, Moon estreitou os olhos e acrescentou em um sussurro:

— Por isso que fui demitido da administração da biblioteca. Não era permitido interferir no conteúdo do livro, então eu tinha que conter a minha torcida.

*Pft!*

Dessa vez foi Bo-reum que não conseguiu segurar o riso. A dor que parecia perfurar seu coração diminuía um pouco assim que ouvia falar de suas imprudências.

— É a mesma coisa com você. Torço por você do fundo do meu coração. Sei que deve ser muito difícil e desgastante... Estar tão perdida a ponto de não conseguir imaginar o que vem pela frente, com a possibilidade real de fracassar no final. Mas, mesmo assim, torço por você. Porque te acho incrível. Seja por gostar ou por não ter outro jeito. Quando vejo você não desistindo e continuando a dar o seu melhor, parece que estou olhando para uma estrela no céu noturno. Você é muito incrível.

Moon dissera isso depois de se aproximar para fazer contato visual direto. Por causa disso, Bo-reum interrompeu as gargalhadas e agora acariciava as orelhas de coelho com as mãos e uma expressão sem graça no rosto.

— Ai, o que foi isso?

Após a conversa embaraçosa, a expressão de Moon logo voltou ao normal.

Ela, com o rosto contorcido de vergonha, pegou um dos petiscos coloridos que haviam sido deixados sobre a mesa e colocou na boca. O sabor doce se espalhou de imediato, fazendo o canto de seus lábios se erguer involuntariamente.

— O que achou do sabor? Fiz com os ingredientes que compramos hoje.

— Está gostoso.

Bo-reum respondeu com um aceno de cabeça, obediente. Quanto mais mastigava, mais sentia seu nariz coçar com a fragrância aromática do doce, o que criava um sabor ainda mais peculiar. Apertando os lábios que já sentiam falta da doçura do petisco, viu-se diante dos olhos de Moon, que de repente tinha uma expressão brincalhona no rosto. Ele perguntou, com o queixo apoiado na mesa:

— Mas só um pouquinho gostoso ou muito gostoso?

Era a cara que fazia quando perguntava a ela sobre o sabor dos drinks. Se desse uma resposta comum ou sem qualquer entusiasmo, ele dissecava cada palavra sua e fazia uma entrevista completa.

Bo-reum saboreou o petisco ainda na boca, pensando em como responder. Por fim, conseguiu pensar em uma resposta adequada.

— Gostoso o suficiente para o dia de hoje terminar feliz.

5

# À FADA DAS JOIAS

Todo dia 5 do mês. Era uma manhã como qualquer outra, mas, como todo dia 5 do mês, para a Coelha da Lua, carregava um significado especial. A mão que usava para limpar a poeira da mesa se movia ainda mais rápido do que o normal, e a funcionária se preocupou até mesmo em varrer cada canto da loja, inclusive aqueles que geralmente não faziam parte de sua rotina de faxina. Ainda assim, em meio a tudo isso, era incapaz de desviar o olhar de Moon, como se o estivesse bisbilhotando.

— Bo-reum.

Quando Moon finalmente virou a cabeça em sua direção, Coelha da Lua prontamente se colocou de frente para o chefe.

— Parabéns pelo trabalho neste mês.

O envelope de salário que ele estendia provocou um tique repentino nos cantos da boca de Coelha da Lua. O motivo para o envelope estar mais grosso do que o do último mês era devido à cláusula especial escrita no contrato de trabalho. As vendas pela internet que Moon começara a fazer pareciam estar indo bem.

— Poxa, mas tudo bem eu receber isso? Não tive qualquer relação com as vendas na internet e nem mesmo ajudei o senhor…

O olhar furtivo que Coelha da Lua lançava em direção a Moon parecia pedir perdão. Apesar do que dissera, suas mãos seguravam o envelope com toda a força que tinha. Não parecia estar disposta a devolver, mesmo que Moon mudasse de ideia. A atitude da funcionária provocou um riso contido em Moon.

— Como assim "não ajudou"? Graças a você, economizamos muito com o frete dos ingredientes! Se não tivéssemos buscado pessoalmente, mesmo com a opção de entrega, levaria uma eternidade até chegarem. Isso sem falar no tempo que ganhamos. E, vez ou outra, você ainda prova as bebidas que quero servir aos clientes.

Ouvindo suas justificativas, Coelha da Lua concordou energicamente com a cabeça.

*Verdade, eu me empenhei bastante.*

Lembrou-se de quando deslocara o ombro de tanto erguer caixas. Quando pensava que havia fugido de uma biblioteca e quase entrado para a lista de desaparecidos no espaço, imaginava que o bônus recebido parecia uma compensação razoável.

*Uhul!*

Ao conferir o conteúdo do envelope, o rosto de Coelha da Lua ficou radiante.

— Eu descontei o valor daquilo que você bebeu.

A animação esvaiu-se um pouco de sua face. Mas logo balançou a cabeça para retomar a expressão anterior.

*É por causa daquilo que eu disse.*

Quem afirmara ser uma cliente e pedira uma bebida fora ela mesma. Era óbvio que precisaria pagar um preço razoável em troca. Mas Coelha da Lua ainda ficou um pouco curiosa em saber quanto tinha sido esse valor.

Notando a curiosidade da funcionária, Moon tirou sua dúvida.

— 90% do bônus.

— O quê?!

Coelha da Lua conferiu o interior do envelope novamente. Pela quantidade acima do normal que o preenchia, estimou o valor do bônus – e então ficou de queixo caído.

Se o que havia dentro do envelope correspondia a apenas 10% do bônus, então o valor integral ultrapassava o seu salário. O *drink* que bebera antes era tão caro quanto o seu salário.

— Não é caro demais?

Coelha da Lua olhou para Moon com a indignação estampada no rosto. Sentia-se roubada. Moon, por sua vez, olhou pacientemente para ela e respondeu com cuidado:

— Você acha que podemos dar bebidas baratas aos nossos clientes especiais? Não economizamos nos ingredientes e oferecemos um atendimento de alto nível.

— Depois de ter dito que eu estava indo bem? Que você estava torcendo por mim do fundo do seu coração? Você disse muitas coisas bonitas para mim. Também poderia me dar algum descon...

— Eu disse aquilo enquanto você era minha cliente, e agora você é minha funcionária — respondeu francamente, como um empresário conduzindo negócios.

Ao dizê-lo, um sorriso ardiloso se formou no canto de seus lábios Sem dúvida, fizera de propósito – só para vê-la em apuros.

Coelha da Lua queria se esgoelar em um grito agudo, mas se esforçou para conter sua raiva. Pelo menos, havia algo de bom nisso tudo: o bônus era inacreditavelmente alto. Não sabia quão bem estavam indo as vendas pela internet, mas se recompôs, com o pensamento de que o próximo mês não deveria ser muito diferente. Ao mesmo tempo, comprometeu-se em não beber mais os *drinks* oferecidos pelo chefe.

*Tri-lim!*

O sino preso à porta da loja tocou. Tendo sentido o gostinho do bônus salarial, Coelha da Lua correu para atender o cliente com um brilho vermelho nas pupilas.

— Seja bem-vindo à nossa livraria de bebidas.

Coelha da Lua precisou mudar depressa a direção dos pés, que se moveram pelo hábito. Isso porque o cliente tinha entrado não pela porta da frente, mas pela porta dos fundos.

— Olá.

Os cabelos curtos que desciam até os ombros da cliente emolduravam seu rosto extremamente jovial. E não era somente o rosto. O uniforme escolar impecável que ela vestia deixava claro: a menina ainda estava na adolescência.

— Prezada cliente, poderia me dizer a sua idade?

Perguntou com cuidado – menos por estar realmente curiosa e mais por estratégia, para ganhar tempo. Coelha da Lua já estava olhando fixamente para Moon, e mandava um sinal com o olhar para que desse algum jeito nas garrafas de bebida alcoólica que ocupavam os armários da parede.

— Aqui, os menores de idade…

Mesmo em uma situação inesperada, Coelha da Lua se esforçava ao máximo para não deixar transparecer seu nervosismo. Mas as palavras que saíram da boca da cliente a deixaram ainda mais desconcertada.

— Eu sei que lugar é esse. Bo-… Senhora Bo-reum.

O pronome de tratamento, acrescentado de forma tardia, parecia indicar uma preocupação da cliente sobre como se referir à garçonete. Afinal, não era comum chamar alguém de "senhorita" ou "senhora" quando ainda se está na escola.

Mas o problema não era esse. Mais precisamente, era o fato de o crachá no peito de Bo-reum estar no campo de visão da cliente. E ela tinha certeza de que nele estava escrito "Coelha da Lua". Entretanto, mesmo estando bem diante daquelas letras, a cliente a havia chamado de "Bo-reum".

— Senhor gerente.

Sem conseguir encontrar uma solução, Coelha da Lua olhou para Moon com uma expressão preocupada. Ele fez um sinal com a mão, e a cliente seguiu Coelha da Lua até o lugar diante do bartender, sentando-se.

— A senhorita poderia ler o que está escrito aqui?

Moon perguntou, dando dois toques em seu próprio crachá. Nele, lia-se: "Moon".

— "Lua".

A resposta foi diferente de todas que Coelha da Lua já ouvira. Todos tinham olhado para o crachá do chefe e pensado na palavra "*moon*", que pode significar "porta" em coreano. Nunca houvera sequer uma única pessoa que tivesse respondido "Lua".

Quando mal tinha começado a trabalhar ali, Moon a avisara depois de entregar seu crachá. Dissera para tomar cuidado com as vendas se algum cliente a chamasse de "Bo-reum" em vez de "Coelha da Lua".

Tinha feito o pedido com uma expressão de seriedade, como se estivesse ensinando-a o que fazer caso fosse alvo de um golpe financeiro pelo telefone.

— É aqui mesmo, certo? O lugar que vende bebidas especiais.

As palavras da menina deram arrepios em Coelha da Lua. Diferentemente de outros clientes, ela parecia saber exatamente que tipo de lugar era aquele.

Lembrou-se de quando perguntara a Moon: "Mas o que vai acontecer se a venda para uma pessoa que vê outro nome no crachá der errado?", e ele respondera numa voz baixa: "Vão levar a gente". A forma como dissera aquilo não tinha nenhum tom jocoso, o que fez Coelha da Lua engolir em seco ao imaginar alguém com um coração de pedra, incapaz de sangrar ou chorar. Ela não podia nem imaginar que seria uma menina ainda adolescente a pessoa que veria outro nome no crachá.

— Sim! Isso mesmo, prezada cliente.

Moon tinha o sorriso despreocupado de sempre. A menina soltou um suspiro de alívio com sua resposta. Ele não imaginava o quanto ela tinha sofrido internamente por causa da bebida que comprara pela internet.

— Eu queria fazer uma pergunta. Não sabem o quanto procurei por vocês.

— A senhorita é sortuda. Digo, por ter conseguido nos encontrar.

As palavras de Moon fizeram a menina ter vontade de despejar para fora todo o descontentamento que formava um nó em sua garganta. Encontrara o site por acaso. Mesmo não sendo do tipo que gostava de beber, ficara fascinada com a mistura de cores chamativas e acabara comprando um dos produtos – o único que dizia ser "não alcoólico".

Um pouco depois, uma coisa aconteceu, e a menina correu para tentar pedir a bebida novamente, mas o aviso de "esgotado" que apareceu lhe fez suar frio. Queria perguntar quando a teriam em estoque de novo, mas não conseguiu encontrar no site nem número de telefone, nem endereço.

— Ué?

Que coisa estranha. *Se eu nem sabia o endereço ou telefone, como cheguei aqui?* A menina sentiu algo indecifrável, mas, quando seus olhos encontraram os de Moon, voltou a pensar apenas em seu objetivo original. Com o rosto carregado de urgência, pediu ajuda ao gerente:

— Quando vocês vão tê-la em estoque de novo? A bebida com manchas amarelas misturadas no azul...

— Vejo que está se referindo à bebida gaseificada calmante. E agora, o que podemos fazer? No momento, não temos planos de prepará-la novamente.

A menina empalideceu com a resposta de Moon. Quando empurrou a cadeira e se levantou, Coelha da Lua deu um pulo de susto e se encolheu. Com o aviso ainda fresco na memória – de que seriam levados embora se a venda a alguém que visse outro nome no crachá desse errado –, Coelha da Lua não baixou a guarda.

— Por favor, senhor. Faça pelo menos mais uma garrafa. É que semana que vem eu vou precisar muito dela.

O nome da menina era Jung So-hee, uma estudante às vésperas da eleição para presidente do grêmio estudantil. Como tinha uma boa reputação, não apenas seu professor conselheiro de classe, mas também muitos de seus amigos se ofereceram para ajudá-la. Eles ficaram acordados até tarde preparando cartões com suas promessas de campanha, unindo forças para apresentar o conteúdo proposto de forma decente.

Mas não podia relaxar. O seu rival estava fazendo uma ótima campanha e era um aluno muito popular. Ainda por cima, era conhecido por ter uma família rica, então seus materiais de campanha eram mais sofisticados do que os dela.

— Sentimos muito, prezada cliente. Além de não termos planos de prepará-la novamente, também limitamos a quantidade oferecida a menores de idade a um copo por pessoa.

*Tu-dum!* – um raio de ansiedade atingiu o coração de So-hee. Quando só estava comprando pela internet, não precisou fazer nenhum processo de autenticação especial.

*Se eu soubesse que ia ser assim, eu teria comprado várias naquele dia...*

Arrependimento inundava seu coração como uma pancada de chuva.

— Por favor, eu imploro. Tenho um discurso na semana que vem e estou com medo de estragar tudo.

Na verdade, o que a preocupava não era o poder aquisitivo ou a incrível simpatia de seu oponente. O que realmente inquietava So-hee era ela mesma.

— Quando estou na frente das pessoas, parece que meu coração vai explodir de verdade. Tenho certeza de que antes isso não acontecia... Mas agora, já não sei o que fazer.

No dia da eleição, ela precisaria discursar diante de todos os alunos reunidos. So-hee costumava apresentar suas ideias com clareza e lógica. Mas... quando será que aquilo começou? Passou a sentir medo dos inúmeros olhares voltados para ela. As pernas ficavam bambas, e sua testa se encharcava de suor. Até atender uma ligação repentina tornara-se difícil. Achava que seria passageiro, mas os sintomas não davam sinal de melhora tão cedo.

— Que tal tomar uma pílula *cheongsimhwan*?

Coelha da Lua, que estava escutando a conversa, sugeriu baixinho o uso do remédio calmante feito a partir da mistura de várias ervas, tradicional na medicina oriental. So-hee balançou a cabeça e suspirou profundamente.

— Eu já tentei tomar. Mas acabava ficando com muito sono ou com mais dificuldade de me concentrar. Acho que não era o certo para mim.

Os olhos ansiosos que recaíam sobre Coelha da Lua se redirecionaram a Moon. So-hee juntou as mãos em súplica.

— Eu fiz a avaliação prática de desempenho musical depois de tomar a bebida que pedi daqui. Mas ficou tudo bem. Nem tive efeitos colaterais.

O efeito da bebida não durava tanto tempo assim. No momento que So-hee foi ao banheiro, seu coração calmo voltou a ficar ansioso.

— Por favor, venda só mais uma garrafa para mim — disse So-hee, com uma cara de choro.

Atrás dela, era possível sentir o olhar crítico de Coelha da Lua. Aparentemente, Coelha da Lua, que era particularmente zelosa com crianças, tinha tomado o partido da menina.

*Só uma garrafa não teria problema, certo?*, diziam os olhos da funcionária. De braços cruzados, Moon alternava o olhar entre So-hee e a garçonete. E então abriu seu característico sorriso espirituoso.

— Como tenho dito, não temos planos de preparar a "bebida gaseificada calmante" no presente momento. Entretanto, como ainda resta um pouco do soluto principal não diluído, creio que poderei oferecê-lo à senhorita.

A ansiedade no coração de Coelha da Lua não desapareceu, mesmo depois de lançar um olhar furtivo em direção ao sorriso de Moon. Por outro lado, So-hee não conseguia esconder o alívio em seu rosto radiante.

— Gostaria do soluto não diluído? Mas o preço é um pouco alto...

Com o rosto ansioso, So-hee tateou o interior de seu bolso. Atrás dela, Coelha da Lua lembrou o golpe que levara de Moon. Dessa vez, se ele falasse um preço absurdo, não perderia a chance de se esgoelar em um grito agudo.

— Por conta da casa, acrescentarei mais duas garrafas. Na noite da véspera do dia que desejar se acalmar, basta misturar com água e beber.

Moon colocou três pequenas garrafas retangulares de vidro sobre a mesa. Dentro delas havia um líquido azul que, quando balançado da direita para a esquerda, fez So-hee prender a respiração.

— Quanto fica mesmo...?

— Receberei o pagamento depois — disse Moon, enquanto colocava as mãos sobre a mesa e inclinava o corpo para a frente.

*Prática comercial desleal!*

Por estar sentada à sua frente, So-hee não conseguia ver, mas Coelha da Lua encarava Moon com o rosto inteiro contorcido de fúria. Fitando as garrafas à sua frente, So-hee assentiu com a cabeça, como se tivesse tomado uma decisão.

— Obrigada.

Moon respondeu com um sorriso. Antes que Coelha da Lua pudesse impedi-la, So-hee pegou todas as garrafas e foi embora.

*Nheec!* – a porta dos fundos abriu às pressas e se fechou aos poucos.

---

— Esses jovens… tsc, tsc.

De repente, So-hee abriu os olhos no banco de um parque. Teria sonhado? Ergueu o corpo enrijecido e olhou em volta. Deu de cara com olhares feios de alguns moradores. Lembrou-se de ter corrido ao parque porque estava se sentindo sufocada. Sentara no banco pensando em descansar um pouco, mas aparentemente acabara pegando no sono sem perceber.

*Não é de se admirar*, pensou, e, ao soltar um longo suspiro, sentiu algo gelado tocar na ponta de seus dedos com um tinido. Era uma garrafa de vidro com um líquido azul.

— Não foi um sonho.

So-hee deu um abraço apertado na garrafa e ergueu a cabeça, querendo olhar para o céu. Sobre ela, estava brilhando uma enorme lua cheia.

*Eba!*

Deu um grito de satisfação por dentro. Tinha a sensação de que a garrafa em sua mão desapareceria como o seu sono, então rapidamente apressou os passos em direção à sua casa.

— Cheguei!

Cumprimentou rapidamente ao entrar, como uma flecha, e foi direto à geladeira, tentando escapar das broncas da mãe. Então, pegou uma garrafa de água e se dirigiu ao seu quarto, escondendo-se completamente sob o cobertor. Sentindo que encontrara a solução perfeita para o problema que vinha lhe dando enxaquecas, sua cabeça estava livre de preocupações.

Queria testar a bebida da garrafa de vidro o quanto antes. Colocou água em um copo, pegou a rolha que tampava a garrafa e a arrancou.

Junto com o "*pop*!" feito pela rolha, veio subindo uma fragrância aromática. Assim que inclinou a garrafa de vidro, uma tinta azul pareceu se espalhar pela água transparente, criando uma atmosfera onírica.

— Uff...

Respirou fundo. Hesitando por um instante, So-hee logo fechou os olhos com força e engoliu todo o conteúdo do copo de uma só vez.

*Aah!* – revirou os olhos devagar depois de esvaziar completamente o copo, mas não sentiu nada de diferente. Com uma expressão desconfiada no rosto, estava prestes a levantar da cama quando uma sonolência a invadiu de repente e fez seu corpo se inclinar.

Esquecendo até mesmo de escovar os dentes, So-hee adormeceu assim, em sono profundo.

Não precisou de muito tempo para verificar a eficácia da bebida.

— Na data de hoje... Número 19, venha aqui resolver esta questão.

O professor de cabelos grisalhos chamou o número enquanto olhava para o calendário. Dezenove era o número de So-hee, que empurrou a cadeira para se levantar e andou em direção ao quadro.

— Impressionante.

Junto com o elogio do professor, o som de aplausos tímidos se espalhou pela sala de aula. Inúmeros olhares. Mas não ficou nervosa. Conseguia sorrir à vontade diante das pessoas, como antes. Não acontecia mais de seu coração acelerar nem de sentir fraqueza nas pernas.

— O que houve? Superou o nervosismo?

Assim que a aula terminou, sua melhor amiga se aproximou de So-hee. O nome dela era Yoon Ye-ji. Fora ela quem encorajara So-hee a concorrer na eleição, e também era quem mais ajudava em sua campanha – além de ser a que mais se preocupava com seu nervosismo.

— Que bom!

Ye-ji suspirou de alívio. Assim como a amiga disse, era realmente uma coisa muito boa. So-hee concordou energicamente com a cabeça para demonstrar sua felicidade. Naquele dia, terminaram a campanha eleitoral e foram juntas a um restaurante especializado em *tteokbokki*.

— Eu sabia que ela ia melhorar rapidinho. Senão, não seria a So-hee, minha amiga Jung So-hee.

Quando Ye-ji disse isso ao espetar um *tteokbokki* com o garfo, o amigo sentado ao lado explodiu em risadas.

— Sabia nada. Foi você quem mais fez drama.

— Eu? Eu não fiz nada!

Passar algumas horas discutindo cada coisinha supérflua com os amigos... Há quanto tempo não se sentia confortável assim? So-hee sentiu uma desconfiança renovada.

*O que estava deixando meu coração apertado daquele jeito?*

Os sintomas do nervosismo em público foram se intensificando cada vez mais, até que ela já não conseguia sorrir, nem mesmo quando estava com os amigos. Mas agora não era mais assim. Tagarelava tão à vontade que chegou a pensar: *Eu ficava nervosa mesmo?* Achou que talvez estivesse completamente curada dos sintomas.

Cheia de expectativa, So-hee foi dormir naquela noite com a mente tranquila, sem nem perceber que a neblina azul estava se dissipando.

Era uma fada sem asas, com o corpo vermelho como uma maçã e do tamanho de uma bola de beisebol. "Rubi" usou seu corpo redondo para olhar os arredores, mas não conseguiu encontrar companhia alguma. Parecia ter se separado dos outros ao infringir a regra de manter a formação para escavar uma pedra preciosa. Mas isso não importava – Rubi era forte!

Com ambas as pernas firmes no chão, Rubi cavou a terra e abriu uma toca. Seus olhos eram tão ferozes que nem os animais se atreviam a se aproximar. Quando até tigres e ursos desviavam de Rubi, havia um único animal que chegava perto da fada. Esse animal era um ser humano.

— Uau! Você tem jeito para isso!

Rubi não conseguia entender o que o humano dizia. Então, apenas rugiu alto. Se fosse outro animal, colocaria o rabo entre as pernas e daria um passo para trás, mas o humano parecia gargalhar ao mesmo tempo que franzia o cenho.

Vendo que o humano não tinha medo dela, um sentimento indecifrável surgiu em seu peito. Não importava o quanto gritasse com o humano, ele não ia embora. Uivou tão alto quanto batia os pés, mas o humano que usava protetores de ouvido continuou ao lado de Rubi.

— Vamos fazer juntos?

Ele imitou o que Rubi fazia. A picareta do humano era tão grande que não se comparava às pequenas mãos da fada, mas vê-lo reproduzir seus movimentos despertou nela uma inesperada sensação de pertencimento.

— Arf... arf...

Assim que se levantou, So-hee sentiu os batimentos acelerados do coração. Será que o efeito da bebida tinha passado? Mas agora nem estava em público. Estava apenas deitada em sua cama quando acordara de repente.

*Será que piorou?*

Sem saber o que fazer, So-hee passou um longo tempo tremendo na cama. Ouviu a voz de sua mãe dizendo-lhe para acordar, mas respirava tão rápido que não conseguiu responder. Estranhando o silêncio, a mãe entrou no quarto e encontrou a filha encharcada de suor, dos pés à cabeça.

— So-hee!

Surpresa, a mãe rapidamente foi até a filha e a abraçou sem hesitar. Os batimentos cardíacos acelerados davam a So-hee a sensação de que seu coração estava prestes a explodir, mas eles finalmente se acalmaram um pouco com o abraço da mãe. Assim que a tensão no corpo da filha se desfez, lágrimas escorreram dos olhos de So-hee.

— Eu quero ficar descansando em casa hoje.

Disse com dificuldade, choramingando enquanto o nariz escorria. A mãe acariciou sua cabeça e assentiu em concordância. Era a primeira falta da filha em toda a sua vida acadêmica – justamente na sexta-feira, o último dia útil antes das eleições.

*Era um dia importante…*

So-hee passou o dia todo deitada na cama. Chegou a pensar algumas vezes em deixar o quarto e ir à escola, mas, cada vez que imaginava isso, seu coração disparava como se fosse desmaiar, e ela precisava voltar para debaixo das cobertas novamente.

Sentiu-se mal pelos amigos que a ajudaram na campanha eleitoral.

*Triiim, triim!* – mensagens e chamadas não atendidas chegavam ao seu celular, mas não conseguia desbloquear a tela para vê-las.

A mesma cena se repetia em sua cabeça. Imaginava todos os seus amigos, que saíram juntos para comer *tteokbokki*, olhando para ela com frieza. So-hee precisou dar o máximo de si para apagar aquela imagem de sua mente.

*Eles devem estar decepcionados, né?*

Na ilusão criada por sua imaginação, seus amigos, que antes sorriam radiantes, de repente contorciam o rosto com ódio em questão de instantes. Ye-ji, sua melhor amiga, chegava até a apontar o dedo em sua direção. Mesmo pensando que isso nunca aconteceria, aquela imagem torturante não dava sinais de que iria embora.

*Não consigo aguentar mais.*

So-hee pegou a água deixada em sua mesa de cabeceira e despejou em um copo. Então, agarrou e removeu a tampa da garrafa de vidro retangular. Sobre a água transparente, a tinta azul se espalhou, cintilante.

*Gulp, gulp*. Tomou toda a bebida de uma só vez e, ao mesmo tempo que sua ansiedade desapareceu como num milagre, So-hee caiu em um sono profundo.

Hoje, Rubi também usou seu corpo pequeno para mexer e escavar a terra com os braços diligentes. Ao seu lado, assim como antes, estava o humano que usava uma picareta. Rubi quicou seu corpo rechonchudo e se aproximou do homem, que pingava de suor.

— Croac.

Em sua mão, uma pedra preciosa brilhante. Essa joia tinha sobrado das que Rubi comera antes. Seria por ter sentido pena? Rubi estendeu a pedra ao homem.

— Você está me dando isso?

O homem que pegou a joia passou um bom tempo fazendo a luz do sol refletir na pedra, encantado com sua cor brilhante. Ao ver a alegria no rosto dele, Rubi se sentiu ainda mais feliz. E assim, os dois acabaram ajudando um ao outro.

Rubi tinha uma facilidade incrível em descobrir a localização das joias sob a terra e, sempre que fazia um gesto com a mão, o homem usava sua enorme picareta para escavar o solo.

— Hoje também estarei contando com você.

O problema era que, com o passar do tempo, o apetite do homem foi crescendo cada vez mais. Quando Rubi já havia comido joias o bastante para se dar por satisfeita, as que sobravam ficavam com o homem. Como ele as guardava no bolso, para Rubi, aquele espaço parecia sua boca. Essa boca começou a crescer rapidamente, transformando-se em um enorme saco em questão de instantes.

— Você é incrível mesmo!

Rubi não precisava comer joias todos os dias. Mas, por causa do homem que lhe procurava, não tinha o que fazer além de pôr as mãos à obra. Havia uma regra que proibia escavar pedras em excesso, mas o coração de Rubi amolecia ao ver a alegria estampada no rosto dele.

— É um prazer, amiguinha.

Conforme o tempo passava, mais pessoas a procuravam. Todos tratavam Rubi com muita gentileza. As pessoas passaram a chamar Rubi de "Fada das Joias". Era bem recebida onde quer que fosse e, apesar de estranhar, também não odiava.

— A Fada das Joias está bonita hoje também!

Procurar Rubi passou a fazer parte do cotidiano das pessoas, e ela pensou que esses dias durariam para sempre. Mas estava enganada.

— Nós decidimos partir para outro lugar hoje. A gente se divertiu enquanto durou, amiguinha.

As pessoas começaram a ir embora, pois já não restavam joias naquela região. Partiam uma a uma, cada qual com um lar para onde retornar. Mas Rubi não tinha para onde ir. Sozinha, não conseguia encontrar uma saída para a fome que consumia seu estômago.

— Fica bem, Fada das Joias.

Quando a última pessoa foi embora, Rubi foi deixada completamente sozinha. O sol se punha, e a escuridão cobria todos os cantos. Ninguém mais a procurava. Por mais que olhasse ao redor, não conseguia encontrar joias. Restavam apenas os buracos que cavara aqui e ali. Com o passar dos dias sem comer, Rubi acabou não conseguindo mais se mover.

— Croac.

Pior do que a fome se aprofundando cada vez mais era o vazio enorme que se formara em seu peito. *Por que será que eu os ajudei? O que eu queria?* Os olhos de Rubi foram se fechando aos poucos e, enfim, a força se esvaiu completamente de seu corpo.

*Que sonho estranho.*

Com os feixes de luz que atravessavam a cortina, So-hee esfregou os olhos e se levantou. *Tu-dum, tu-dum.* Seus batimentos cardíacos estavam regulares e estáveis e, mesmo quando ergueu o corpo para sair da cama, suas pernas não ficaram bambas. Somente então pensou que havia voltado ao seu eu normal.

*Só tem mais uma.*

Três garrafas de vidro repousavam sobre sua escrivaninha. Duas delas estavam vazias.

*Eu preciso fazer alguma coisa.*

So-hee precisava usar a última na segunda-feira, dia da eleição. O momento crítico seria amanhã, no domingo. Se o efeito da bebida passasse, talvez fosse novamente dominada pela ansiedade.

Apressou-se em arrumar suas coisas para sair de casa. Precisava ir, mais uma vez, ao lugar onde comprava a bebida especial. Pensava em perguntar se a piora da ansiedade poderia ser um efeito colateral daquilo. Vender um produto sem fornecer as devidas orientações era algo que não poderia acontecer.

— Ah.

So-hee lembrou-se do que precisava fazer antes de sair: o histórico de chamadas não atendidas que preenchia a tela do celular. Decidiu entrar em contato com os amigos, que provavelmente estavam preocupados.

A primeira pessoa que contatou foi sua melhor amiga, Ye-ji.

— Você está bem mesmo?

Ye-ji exagerou na preocupação assim que atendeu à ligação. Em seguida, relatou a So-hee, nos mínimos detalhes, tudo o que havia acontecido na escola enquanto a amiga estava ausente. Quando pensou que seus amigos continuariam as atividades da campanha sem sua presença, a vontade de se desculpar e agradecê-los a assolou ao mesmo tempo.

— Você lembra que a gente marcou de se encontrar hoje? Não faça muito esforço, só se você estiver bem…

— Aham, eu vou!

Vendo sua melhor amiga escolher as palavras com cuidado, So-hee respondeu sem hesitar. As atividades práticas da campanha eleitoral na escola tinham acabado na sexta-feira passada. So-hee lembrava que, por causa disso, tinham decidido colocar a conversa em dia no sábado.

Olhando para o relógio, percebeu que precisaria se apressar para não se atrasar ao horário combinado. So-hee se despediu com um "Te vejo daqui a pouco!", desligou o telefone e rapidamente terminou de se arrumar para sair.

Quando deixou o quarto, deu bom-dia para a mãe em um tom de voz propositalmente mais alegre. O receio ainda estava estampado no rosto da mulher mais velha, mas o comportamento aparentemente normal da filha pareceu ter acalmado suas preocupações.

— Volto mais tarde!

Saiu com tudo para fora de casa. O calor dos raios de sol e o canto dos passarinhos foram o bastante para acabar com suas preocupações. Quando chegou ao local combinado, So-hee já conseguia abrir o sorriso de sempre.

— Jung So-hee! Você sabe como me deixou preocupada?

Todos os amigos vieram conferir seu estado de saúde com uma apreensão nítida no olhar. Ela enxergava sinceridade em seus olhos.

*Com tantos amigos bons assim, eu vou ter medo de quê?*

So-hee prometeu que, pelos seus amigos, faria um discurso perfeito, sem falta.

— Estou com fome. O que vocês querem comer?

Não tinham se visto por apenas um dia, então por que estava tão feliz assim? So-hee lamentou como o tempo com seus amigos voava.

Almoçaram em uma pizzaria, foram para um karaokê e gritaram animadíssimos. Depois, para hidratar as gargantas roucas, entraram em uma cafeteria.

— So-hee, você também vai beber um *latte* de baunilha, né?

Ao ouvir a pergunta de sua melhor amiga Ye-ji, So-hee concordou com a cabeça. A cafeteria, conhecida por seu ambiente bonito, estava lotada, mas o grupo teve a sorte de pegar a mesa de um cliente que estava saindo.

Pensando que nada daria errado hoje, So-hee estava de bom humor. Mas, mais ou menos quando as bebidas chegaram, um amigo fez uma pergunta que acabou lhe causando uma sensação estranha.

— Oi?

So-hee olhou para ele enquanto escondia seu assombro. O amigo que fizera a pergunta tinha sido transferido de outra escola e a conhecia havia pouco tempo.

— Do que raios você gosta?

Não parecia uma pergunta mal-intencionada. Sentindo todos os olhares sobre si, o amigo coçou a cabeça e acrescentou uma explicação.

— Não, é só que… Quando vocês falam "Aonde vamos?", "O que vamos comer?", a So-hee concorda com tudo, seja o que for. Até o café ela pediu igual ao da Ye-ji...

*Latte* de baunilha. Assim como ele disse, era o mesmo pedido feito por Ye-ji.

*Eu já gostei de latte de baunilha?*

A pergunta inesperada agitou a calmaria de seu coração. Tinha certeza de ter tomado a bebida calmante ontem à noite... No entanto, mesmo assim, uma ansiedade estranha parecia brotar em uma parte do seu peito, deixando So-hee atordoada.

— É porque a So-hee tem muita consideração pelos outros — Ye-ji interveio, tentando melhorar o clima, mas a expressão endurecida no rosto de So-hee não desapareceu tão cedo.

O amigo também fez cara de quem se sentia culpado, e um clima tenso pairou no ar. Para mudar de assunto, ele fez outra pergunta.

— Ouvi falar que você participou de uma peça na excursão escolar do ensino fundamental, é verdade?

Ye-ji arregalou os olhos e o encarou. Por causa disso, o amigo percebeu que havia feito outra pergunta desagradável, mas não dava para voltar ao passado. Enquanto todos buscavam palavras para amenizar a situação, foi So-hee quem quebrou o silêncio:

— É, participei. Só que esqueci as minhas falas e estraguei tudo.

Diferentemente de Ye-ji, que observava as reações com desconforto, So-hee respondeu como se fosse algo desimportante.

— É porque eu tinha ficado muito nervosa.

Graças ao riso baixo de So-hee que se seguiu, o clima tenso se desfez imediatamente. Apenas Ye-ji olhava para a amiga com uma expressão desconfiada, pois havia visto de perto quando a amiga ficou chorando o dia todo depois da peça.

— Nesse dia, eu devia ter feito mais...

*Vupt!*

Sem querer, So-hee derrubou o copo que segurava. Sentiu-se tonta por um instante, e seus amigos se levantaram rapidamente com o susto.

— Ei, tudo bem aí?

— Ah, foi mal. Estou bem. Não foi nada demais. Desculpa, foi culpa minha.

Ao contrário de seus amigos, que não sabiam o que fazer, So-hee mantinha-se calma mesmo com o café quente derramado em seu colo. Não, em vez de tranquila, parecia apenas sorrir como um robô sem emoções.

So-hee foi ao banheiro lavar as mãos sujas, e seus amigos não perceberam o leve tremor em seus dedos.

— Foi divertido hoje. – concluiu.

Depois de sair da cafeteria, deu uma passada em um fliperama com os amigos e assistiu a um filme. So-hee sorriu e bateu papo como sempre, mas em sua cabeça havia apenas a lembrança do momento em que estragara tudo. Somente depois de se despedir dos amigos conseguiu relaxar um pouco a força que usava para puxar os cantos de sua boca.

— Cheguei.

Voltou a sorrir assim que entrou em casa. Fez isso por seus pais, que deviam ter se preocupado com o que acontecera no dia anterior. Esforçou-se para empurrar as emoções nauseantes para o fundo de sua memória.

— Seu pai comprou frango frito para a gente.

O cheiro suave de fritura que emanava da sala de estar fez So-hee salivar. Deviam estar esperando por ela; seu irmão mais novo, a mãe e o pai estavam reunidos à mesa. So-hee também lavou as mãos e logo se sentou.

— Agradecemos a comida!

Ao som da risada da plateia saindo da TV, começaram a comer. Como podia sentir os olhares dos pais, So-hee propositalmente fingiu estar completamente bem, colocando um pedaço de frango frito na boca.

— So-hee, querida, não se preocupe muito — disse seu pai com um sorriso gentil, quando restavam apenas os ossos de um dos dois frangos pedidos. Aparentemente, sua mãe havia contado a ele que So-hee estava passando por maus bocados por causa do discurso que faria na segunda-feira.

— Tenho certeza de que a minha filha vai se sair bem. O papai acredita em você.

Liderada pelo marido, sua mãe também encorajou a filha. O irmão mais novo também torceu por ela, dizendo que a irmã se sairia bem enquanto revirava os olhos.

O olhar carinhoso deles claramente deveria dar forças a So-hee, mas isso era estranho. A ansiedade fazia um arrepio percorrer suas costas, despertando uma vontade de vomitar. Prendendo bem a respiração, ela sorriu e concordou com a cabeça.

— Ah, peraí! Parece que uma amiga minha está esperando na porta. Ela tá me ajudando com a campanha eleitoral, então vou lá rapidinho dar uma olhada.

Ela tateou inutilmente o telefone que não tocava e saiu de casa como se estivesse em fuga. Parecia que perderia a força nas pernas se ficasse parada no mesmo lugar. Só pensava que precisava escapar dali.

— Arf, arf…

Foi em direção ao parque perto de casa. Quando finalmente conseguiu sentar-se no banco, suas pernas começaram a tremer descontroladamente.

*Será que a bebida não está mais fazendo efeito?*

Tinha deixado a última garrafa em casa. Não – mesmo que estivesse com ela, não poderia beber. Precisava guardá-la para o discurso.

*Pare, pare!*

Por mais que repetisse isso para si mesma, a lembrança desagradável não dava sinais de desaparecer. Pelo contrário: ficava cada vez mais nítida.

Aconteceu na excursão escolar. Como o professor conselheiro de turma era novo no cargo, tinha um entusiasmo considerável pela profissão e preparou uma pequena apresentação teatral para a última noite da excursão. Havia muitas crianças participando ativamente, e tudo estava fluindo bem até que o apêndice da atriz principal se rompeu, impedindo-a de participar da apresentação.

Precisavam de uma aluna para substituí-la com urgência, e essa aluna foi So-hee. Por ser alguém que não conseguia negar favores, deixou-se levar pelo embalo da situação e aceitou o pedido. Como não tinha qualquer dificuldade em falar na frente dos outros, ela mesma pensou que conseguiria se sair bem.

Mas... teria sido porque ensaiara menos que os colegas? Os lábios de So-hee congelaram completamente quando subiu ao palco. Não conseguiu lembrar nenhuma fala que praticara no ensaio. E foi assim que, com os seus erros contínuos, a peça entrou em caos. Os olhares dos espectadores se concentravam nela, e o tique-taque do tempo que passava não resolvia nada. Quando ouviu as risadas misturadas com escárnio, seu campo de visão escureceu.

*Pare! Por favor, pare!*

O terror que pensava ter esquecido a atormentava novamente.

— O que você está fazendo aqui?

Em um instante, a escuridão que a cercava se dispersou. A pessoa que se aproximava, pingando de suor, era ninguém mais, ninguém menos que seu rival na eleição.

— Park Ji-ung…?

— Está tudo bem? Você parece estar passando mal...

As palavras dele fizeram So-hee cobrir o rosto imediatamente. Não queria que o rival a visse assim. Queria fingir que estava tudo bem, mas seus lábios não paravam de tremer.

— É só porque… tive um pesadelo.

Falou a primeira coisa que veio à cabeça. Queria dizer algo melhor, mas seu cérebro atordoado não estava ajudando muito. Ainda de cabeça baixa, So-hee não ouviu o som de passos se distanciando.

— Hum.

Depois de observá-la por um momento, ele abriu a boca novamente:

— Mas que tipo de pesadelo?

— Sei lá.

— Fala aí. Talvez faça você se sentir melhor, né?

So-hee se irritou um pouco com a insistência de seu concorrente. Estava em uma situação em que sua irritação só piorava por causa das emoções que já vinha sentindo. Mas ela não podia se irritar com ele. Porque ela era sempre uma pessoa gentil e boazinha. Porque ela era assim: alguém que se importava com os outros, que não queria ir a lugar nenhum em específico nem comer nada em especial; alguém que sempre concordava com a escolha dos outros.

— Foi só… Só sonhei que era uma fada que comia joias. Uma fada idiota que conheceu uns humanos, contou para eles onde ficavam as joias e acabou ficando sem nenhuma para comer.

— Isso é bem a sua cara.

— É o quê?!

"E o que você sabe de mim?" – So-hee teve vontade de dizer quando um turbilhão de emoções a fez levantar a cabeça.

— Você não consegue negar um favor para os outros. Se fosse mesmo você e perguntassem a localização das joias, você provavelmente teria contado tudo.

Agora que o olhava direito, viu que ele carregava uma mochila enorme nas costas. Nela, estava escrito bem grande: "ENTREGA RÁPIDA".

— O que é isso aí?

— E o que mais pode ser? Obviamente é uma mochila de entrega. Eu estou trabalhando...

— Mas a sua família é rica. Também ganha um monte de mesada... Até os materiais de campanha você encomendou.

As palavras dela fizeram Ji-ung franzir o cenho e dar de ombros, demonstrando discordância.

— Isso é um boato falso. Mesada uma ova! Só usei o dinheiro que eu mesmo ganhei. Os materiais de campanha também foram feitos com o dinheiro do meu trabalho.

*Ele disse que era um boato falso?*

O fato de que tudo o que invejava nele era fruto do próprio esforço dele era algo difícil para So-hee aceitar. Sentindo-se mesquinha de repente, So-hee respondeu, curta e grossa:

— Então vai trabalhar, ué. Está enrolando por quê?

— Só vim falar com você porque fiquei preocupado. Porque me lembrei de você chorando muito naquele dia.

Ele havia estudado na mesma escola que ela no ensino fundamental. E ainda tinha sido da mesma turma. Por ter estragado tudo na frente de toda a escola, ela ficara conhecida como "a protagonista da peça arruinada". O desastre foi tão grande que provavelmente chamou ainda mais a atenção.

Ele, então seu colega de turma, viu de perto toda a frustração que ela sentiu naquela época.

— Eu vou estragar tudo de novo.

Quando olhava para ele, as lembranças da excursão escolar ficavam ainda mais vívidas. Ela abaixou a cabeça mais uma vez, e seu rival suspirou fundo.

— Se é tão ruim assim, desiste da candidatura. E eu vou ser o presidente do grêmio estudantil!

— Como é que eu vou desistir?! Depois que meus amigos me ajudaram tanto...

No fim das contas, acabara perdendo a cabeça e gritando. Há quanto tempo que ela não se irritava com os outros?

*Puf, puf.*

Mesmo enquanto bufava, preocupando-se que ele talvez ficasse magoado, levantou a cabeça com cuidado para ver seu rosto.

Com a voz calma, ele disse:

— Você quer mesmo ser presidente do grêmio estudantil? E por que você quer?

Ela fechou bem a boca. A razão para querer este cargo... Na verdade, foi porque sua melhor amiga Ye-ji sugeriu que concorresse.

Não só sua melhor amiga, mas também o professor. E os amigos estavam todos torcendo por ela. E So-hee não queria decepcioná-los. Pensando agora, percebeu que a presidência era como um *latte* de baunilha: pediu porque os outros gostavam, e o gosto não era tão ruim. Mas, se lhe perguntassem o que realmente queria fazer, seria difícil encontrar uma resposta.

— E você, por que quer ser presidente do grêmio estudantil?

Ji-ung respondeu sem titubear.

— Porque quero instalar um gramado na área esportiva. Essa é a minha promessa de campanha. Vou fazer a proposta oficial quando virar presidente.

Ele gostava de futebol. Era difícil definir se sua proposta era realmente em prol dos alunos ou de si mesmo. Mas respondeu com tanta clareza que So-hee riu, sem acreditar.

— Então, se não quer ser presidente, desista da candidatura.

— E faz sentido isso?

A lembrança da vida real fez So-hee se sentir mal novamente. Ji-ung colocou a mochila no chão e se sentou ao lado dela.

— E por que não faria? Se não está a fim, é só dizer que não tá a fim, ué.

Por um momento, ela imaginou fazer isso. Os amigos se surpreendendo com o anúncio da desistência no dia do discurso... Os rostos deles se misturavam com o do professor da excursão. Abaixo do púlpito, os colegas pareciam encará-la enquanto apontavam o dedo.

— Não consigo. Todo mundo vai ficar rindo de mim.

— Mas eles já não têm nenhum interesse real em você. Mesmo que tenham, veem só o que querem. Olha para mim, não dizem que sou rico?

Ele cutucou a mochila de entrega que deixara sob os pés.

— Mesmo assim, todo mundo vai...

— Vai se sentir mal pelos outros? E aí vai se obrigar a fazer algo que nem gosta? Seus amigos devem adorar...

Não achava que ele estivesse errado, mas isso não significava que conseguiria seguir seu conselho e decepcionar os amigos. Acreditava que, se agisse assim, a atitude deles poderia mudar. Porque também tinha sido assim com o professor que a recomendara como substituta.

— E também, pela família ou pelos amigos, não importa o quanto a sua intenção é boa; se não quiser fazer, não faça. Ou vai passar a vida inteira tentando agradar os outros?

De repente, pensou na Fada das Joias que vira no sonho – Rubi, que foi deixada completamente sozinha. Ela não odiava o sorriso dos humanos, então os ajudou. Claro que isso não era algo ruim, mas foi praticamente por causa disso que Rubi perdeu o lugar que era seu sustento.

No começo, a Fada das Joias parecia capaz de superar confiantemente qualquer dificuldade que enfrentasse. Mas, no fim, depois que todos a abandonaram, parecia tão triste que não tinha forças para buscar outro lugar, nem vontade de se reerguer. Talvez o que Rubi tivesse extraído da terra não fossem as joias, mas sim seu verdadeiro eu.

"O que eu queria?" – So-hee lembrou a pergunta feita por Rubi a si mesma.

— Não tenha arrependimentos inúteis depois. Faça o que você quer fazer.

So-hee sentiu uma maturidade vinda dele. Pensava que ele só andava por aí jogando bola na hora do almoço e nunca imaginou que pudesse ter uma consideração tão profunda pelos outros. Estava realmente surpresa.

— Não viva sendo a pessoa que os outros gostam. Viva com pessoas que gostam de você do jeito que você é.

— Parece até um monge sábio falando.

— Eu sempre fui do tipo reflexivo. Sou ou não sou a pessoa perfeita para cargo de presidente do grêmio estudantil?

*Pfft!*

Uma risada perplexa escapou da boca de So-hee. Seu rival também sorriu, como se respondesse a ela. A mochila de entrega do rival entrou em seu campo de visão de repente, o que fez So-hee perguntar:

— Não tem problema você não ir trabalhar?

— A pizza que entreguei aqui perto foi a última. Acabaram as entregas de hoje.

O fato de ele tê-la encontrado deprimida tinha sido mera coincidência. So-hee sentiu certa gratidão por isso, pois a ansiedade que a rondava de perto havia diminuído consideravelmente. Ela, então, perguntou:

— Você gosta de mim, né?

— Fala sério.

Ji-ung fez cara de desprezo. Achando graça dessa reação, So-hee deixou escapar uma risada novamente. Foi uma brincadeira que não teria feito antes. Tinha medo de saber o que os outros pensariam dela se o fizesse.

Mas agora conseguia fazer esse tipo de brincadeira, e as preocupações que tivera até agora não pareciam mais tão importantes.

Talvez se sentisse mais à vontade porque ele tinha visto de perto o seu fracasso na peça. Saber que já lhe mostrara o pior parecia, na verdade, deixá-la mais relaxada. Porque ele não devia nutrir qualquer expectativa sobre ela.

— Agora eu já vou indo.

Como se tivesse tomado a bebida gaseificada calmante, sua ansiedade cessou. Ao levantar a cabeça e encarar o céu, viu a lua cheia e redonda brilhando bem acima de si.

Segunda-feira. Todos os discursos haviam acabado, e o tempo de votação já havia passado. O vencedor foi confirmado, e quem subiu no púlpito para dizer suas impressões foi Park Ji-ung. Assim que tomou a palavra, começou a listar as razões que justificavam a construção de um campo com gramado.

— Aaah, foi por pouco!

Ye-ji expressou seu descontentamento enquanto cutucava a amiga. E então olhou para o rosto de So-hee. Estava fazendo isso por consideração a ela, imaginando que deveria estar triste com a derrota, mas, na verdade, So-hee não estava nem um pouco abalada. Isso porque tinha sido ela mesma quem arruinara seu discurso de propósito.

*Vou jogar fora.*

No fim das contas, So-hee acabou não bebendo a última bebida que restava. Subiu aos poucos no púlpito. Agora que estava planejando arruinar tudo, não sentia mais a pressão que a consumia até aquele momento.

Era muito mais fácil fingir que não estava bem quando, na verdade, se sentia bem – do que fingir estar bem quando não se sentia. À sua maneira, atuou tão bem quanto se tivesse sido escolhida como a substituta da estrela principal. Quando iniciou o discurso, começou a gaguejar para fingir que estava nervosa, e sua atitude insegura influenciou o resultado final da votação. Pensando bem, tinha sido uma ótima atuação.

— Eu estou bem.

Agora ela não estava mais fingindo. Disse estar bem porque realmente estava bem. Mas sua melhor amiga, Ye-ji, fez cara de choro sem nem precisar e a abraçou. Por causa de So-hee, todo o esforço tinha sido em vão. Ainda assim, seus amigos a consolavam – e isso a comovia profundamente.

— Escolham uma atividade extraclasse e depois entreguem lá na frente!

Assim que retornaram à sala de aula, notaram a agitação dos colegas. Era por causa das atividades extraclasse que entrariam em vigor a partir da semana seguinte – uma atividade à qual cada um se dedicaria após escolher entre várias opções.

— So-hee, você também vai participar do clube de apreciação do cinema, né?

O clube de apreciação do cinema era uma atividade que consistia apenas em assistir a filmes – algo relativamente fácil. Como não havia muito o que fazer além disso, era uma atividade bem popular entre os alunos. Parecia que todos os seus amigos pretendiam se inscrever nesse clube. So-hee observou cada item da lista sem pressa. Então respondeu cuidadosamente à pergunta de Ye-ji, que estava entregando seu formulário de inscrição:

— Não, eu estou querendo escolher outra coisa.

— Sério?

Ye-ji olhou para a amiga com uma expressão de surpresa.

— Uhum. Vou me inscrever no clube de gastronomia.

So-hee engoliu em seco assim que respondeu.

— Você cozinha bem?

— Não é que eu cozinhe bem… Eu só queria experimentar.

Parecia que seus lábios estavam ficando secos. Estava mais nervosa do que quando atuara diante da escola toda. Os batimentos retumbantes de seu coração pareciam tão altos que pensou: *Será que a Ye-ji não está ouvindo também?*

*O que ela vai dizer?* Tinha medo de olhar nos olhos de Ye-ji. Felizmente, o silêncio não se prolongou.

— É mesmo? Então eu também devia me inscrever no clube de gastronomia.

— Quê? Não! Não precisa fazer isso por mim.

Sentia-se mal por ter acabado afastando até Ye-ji dos outros amigos. Quando a ansiedade ameaçava surgir novamente, Ye-ji respondeu, animada:

— Eu também queria aprender a cozinhar.

Seus olhos a encaravam. Ye-ji era do tipo que falava sinceramente sobre o que sentia. Ela havia mentido sequer uma vez para So-hee?

— Ah, ainda bem!

Feliz, So-hee assentiu com a cabeça. Não sentia mais ansiedade alguma.

*Nheec.*

Moon carregava várias coisas nas mãos quando abriu a porta dos fundos. Ao sentir um cheiro que atiçou seu apetite, Coelha da Lua demonstrou interesse.

— O que é isso aí?

— É uma pizza. Eu pedi, mas tive que retirar no parque, então demorou um pouco. Quer comer?

Sua resposta parecia um enigma. Coelha da Lua quis perguntar por que ele teve que retirar a pizza no parque se havia feito o pedido, mas decidiu deixar para lá. Era óbvio que ele diria algo difícil de entender, caso perguntasse.

Ao lado da pizza que colocou sobre a mesa, Moon pegou uma pequena garrafa de vidro.

— Ué? Não é a que você vendeu naquele dia?

— Uma foi devolvida. Disseram que não precisavam mais dela.

Coelha da Lua pegou e ergueu a garrafa. Ao colocá-la contra a luz, viu o líquido azul em seu interior balançar. Lembrou-se da menina que a chamara de "Bo-reum" enquanto olhava para as letras gravadas em seu crachá, e perguntou a Moon:

— O senhor disse que precisávamos tomar cuidado com pessoas que lessem "Lua" no seu crachá... Que poderiam nos levar...

— Na verdade, se nos descobrirem, podem nos levar a qualquer momento. Eu não te disse? Isso é ilegal...

Coelha da Lua arregalou os olhos.

Quando estava prestes a perguntar "Quem vai nos levar?", lembrou-se, de repente, do alarme que havia soado na biblioteca. Moon era o administrador daquele lugar, mas interferiu nas histórias e acabou se tornando um fugitivo.

— As pessoas que leem "Lua" no meu crachá descobriram onde a gente estava e vieram nos procurar. Quando vendemos para alguém que sabe da existência desse lugar, a probabilidade de sermos pegos aumenta. Talvez tenhamos mesmo que nos mudar.

— E por que você fez a venda, mesmo sabendo disso?!

— Porque eles vieram nos procurar...

*Tum!*

Moon deixou cair no chão uma enorme bola de ferro. Era o que decidira receber da menina como pós-pagamento pela bebida. Mesmo olhando diretamente para o objeto, Coelha da Lua não tinha como saber o que raios Moon planejava fazer com aquele peso todo.

— Na verdade, pior do que ser capturado pelos oficiais de justiça da biblioteca... é que isso também não seria bom para os clientes. E fere meus princípios de gestão.

Coelha da Lua desceu da cadeira com um pulo e se aproximou para observar a bola de ferro mais de perto. Parecia o tipo de coisa que se algema ao pé de criminosos. No metal, estavam gravadas letras grandes que diziam: "as expectativas dos outros".

— Aqui é apenas um lugar de passagem, como uma porta. Uma porta por onde se entra e se sai. Se os clientes abrirem a porta daqui para entrar, eu entrego o que preparei para eles. Mas com a "Lua" é diferente. As pessoas fazem desejos olhando para a Lua. E este não é um lugar que realiza desejos.

Coelha da Lua ouviu o que Moon dizia sem prestar muita atenção, mas concordou com a cabeça. Então, seus olhos foram atraídos novamente pela garrafa de vidro sobre a mesa. Moon conseguia preparar uma bebida gaseificada calmante com aquele líquido.

— O senhor faz coisas incríveis como se fosse a coisa mais natural do mundo.

Moon sorriu furtivamente e pegou uma fatia da pizza sobre a mesa. Como ainda estava quente, o queijo se esticou e seguiu o movimento de sua mão.

— Você acha? Pois eu acho que poder consolar um amigo consumido pela depressão é algo ainda mais legal e especial do que fazer uma bebida calmante...

# 6

# SEGUNDA DESPEDIDA

Sexta-feira à noite. Assim que o ponteiro das horas apontou para o número 6 no relógio, o escritório antes movimentado e barulhento rapidamente ficou em ordem. Pelo menos hoje, não deveria haver ninguém fazendo hora extra.

— Tenham um bom *Chuseok*!

No calendário sobre a mesa, um círculo destacava números em vermelho. Estava indicando a chamada "Semana Dourada", um feriado prolongado de cinco dias que incluía o fim de semana, segunda, terça e quarta-feira de maneira ininterrupta. Esse período ocorre anualmente durante o *Chuseok* – feriado tradicional também conhecido como o Dia de Ação de Graças coreano, por reunir famílias de todo o país, como acontece no Thanksgiving americano ou no Natal brasileiro.

No escritório, havia aqueles que se planejaram desde antes para viajar ao exterior, e também havia aqueles que pretendiam maratonar todos os *games* que deixaram acumular. Han A-reum, que perdera recentemente sua atitude de recém-chegada na empresa, planejava passar o feriadão em sua terra natal.

*Preciso me apressar.*

A-reum pegou sua marmita da geladeira compartilhada e a colocou dentro da mala de viagem. Como estava pensando em ir para o sul assim que saísse do trabalho, havia deixado uma separada logo pela manhã.

— E preciso não me atrasar.

Após bater o ponto com pressa, abriu caminho em meio à multidão que lotava a estação de metrô e empurrou-se em direção à Estação de Seul. Como era um dia de grande movimentação, até o bilhete do trem-bala com destino ao interior ela precisou comprar com um mês de antecedência. Além disso, o trem que conseguiu reservar partia muito perto do fim de seu expediente, o que a deixava em risco de perdê-lo por um triz.

— Rápido, rápido.

Avistou os trens enfileirados ao longo dos trilhos. Na tela enorme acima, apareceu o número da plataforma e do trem que estava prestes a partir. Enquanto ouvia o anúncio dos alto-falantes, atravessou a multidão e subiu a escada rolante, conferindo as horas sem parar. O trem que precisava pegar estava à sua frente, e ainda havia alguns minutos. Mas seu coração, apertado de urgência, criava em sua mente uma cena em que o trem partia de repente e A-reum acabava não conseguindo retornar à sua terra natal.

— Ufa, foi por pouco.

Felizmente, seu azar não ultrapassou a imaginação. Ao afundar-se no assento reservado, com todo o peso do corpo, a ansiedade desapareceu de seu peito. Depois de conferir várias vezes os números do assento e do trem no bilhete, A-reum alongou o corpo tenso, como se estivesse se aquecendo para um exercício.

PREZADOS CLIENTES, SAUDAÇÕES. NOSSO TREM É UM TREM-BALA QUE VAI ATÉ A ESTAÇÃO DE BUSAN. NOSSOS COMISSÁRIOS DE BORDO FARÃO TODO O POSSÍVEL PARA QUE AS SENHORAS E OS SENHORES TENHAM UMA VIAGEM TRANQUILA.

O anúncio saiu dos alto-falantes junto de uma música alegre e agradável. Longe das preocupações, a saudade reprimida voltou ao peito. Fazia tanto tempo que não voltava para casa.

*Como eu vim parar em Seul?*

Nos seus anos de escola, a palavra "Seul" lhe provocava mais curiosidade do que saudade. A curiosidade começou com sua mãe, que, nascida e criada na capital, contava que precisou viajar a Busan a trabalho, onde acabou conhecendo seu pai.

Segundo sua mãe, a primeira impressão não foi das melhores, porém, como o pretendente continuou a correr atrás dela, acabou abrindo seu coração. E também, sempre que a mãe contava essa história, seu pai não desmentia e limpava a garganta, sem graça. Ainda assim, sua mãe dizia: "Eu tive sorte, né? Porque encontrei a pessoa mais amorosa do mundo" – e provocava um sorriso involuntário no rosto do pai.

— Uaaah! — bocejou A-reum.

Assim que a paisagem que passava rapidamente pela janela se tornou entediante, uma sonolência invadiu seu corpo. Por algum motivo, em vez de ficar enjoada ao andar de carro, suas pálpebras ficavam pesadas, e o mesmo acontecia quando viajava de trem.

Seria por causa do alívio de que chegaria ao destino sã e salva, mesmo que não fizesse mais nenhum esforço em especial para isso? Seu assento não era tão macio quanto uma cama, mas ela se sentia quentinha e confortável. Felizmente, ninguém estava puxando conversa, então pôde fechar os olhos e se deixar levar pela exaustão.

...E DEVIDO À FALHA ELÉTRICA NESSA ESTAÇÃO, ESTAREMOS SUSPENDENDO NESTE MOMENTO A OPERAÇÃO DE TODOS OS TRENS-BALA.

O barulho do anúncio que vinha dos alto-falantes e o murmúrio crescente dos passageiros acabaram fazendo-a levantar lentamente sua cabeça, ainda desorientada. Vendo que todas as pessoas ao redor tinham uma expressão atordoada no rosto, pressentiu que havia algo de errado, mesmo em seu estado limitado de consciência.

PEDIMOS QUE VERIFIQUEM MAIS DETALHES SOBRE O RESSARCIMENTO DO VALOR INTEGRAL DO BILHETE NÃO USADO. LAMENTAMOS PROFUNDAMENTE A INCONVENIÊNCIA OCORRIDA NA OPERAÇÃO DE NOSSOS TRENS.

Em seguida, continuaram o anúncio com instruções sobre o uso dos outros meios de transporte público. De repente, estava completamente curada do cansaço. Mesmo que tentasse outra condução, por causa do Chuseok, não sabia se conseguiria encontrar um assento disponível.

*Onde estou?*

Puxando a mala de viagem que havia deixado no bagageiro, apressou-se para desembarcar. Sentindo os batimentos cardíacos reverberarem dentro de seu peito, parou para analisar o entorno.

O relógio gigante da plataforma indicava ser 21h30. Ao lado dele, lia-se o nome do prédio da estação: Estação Ulsan – uma parada antes da Estação de Busan.

*Por favor, por favor!*

Rapidamente, abriu o aplicativo no celular e procurou algum transporte público com lugares disponíveis. Como já imaginava, não havia nenhum. Também poderia chamar um táxi, mas a tarifa prevista já estava mais cara do que a passagem do trem-bala. Automaticamente, levou a palma da mão à cabeça, que começava a latejar.

— Não tem o que fazer, então.

Depois de muita aflição, percebeu que não tinha outro jeito. Não havia imprevisto que se resolvesse apenas com a negação. A primeira coisa que decidiu fazer foi ligar para os pais. Imaginando que se preocupariam sem motivo, pigarreou para falar no tom de voz mais suave que conseguisse. *Tuuu* – após alguns bipes entediantes, a ligação foi conectada.

— Oi, filha. Está tudo certo com a viagem, né? Eu já estou indo para Estação de Busan, então é só você me avisar quando chegar. Aliás, eu tinha vindo de uma viagem a trabalho, a reunião se estendeu e só terminou agora. Pode ser que eu me atrase um pouco.

— Sério? Que bom. Eu também devo me atrasar um pouco.

— Por quê? Perdeu a hora do trem?

— Não, não foi isso. O trem parou. Parece que tiveram algum problema. Não foi nada de mais…

— O quê? Onde você está? Está dentro do trem? Como está a situação agora?

Conseguia sentir as camadas grossas de preocupação em sua voz. Pensara que tinha repassado a notícia com calma, mas parecia que não podia evitar que se preocupasse.

— Aff, já disse que não foi nada de mais. Já desci. Estou na Estação de Ulsan agora. Vou pegar um táxi para chegar aí.

— Estação de Ulsan? Ok, está certo. Eu já estou a caminho, é só me esperar aí. Estou indo te buscar.

— Para quê vir até aqui? Já disse que vou pegar um táxi e pronto...

— Ah, eu já estou indo... É só você ficar me esperando. Se pegar um táxi daí, vai ficar muito caro... É um desperdício de dinheiro. E está fazendo frio, então não tem por que ficar sentada na estação... Entre em algum restaurante e me espera lá.

— Não precisa. E como assim "frio"?

— Está frio, sim, porque agora é outono! Faz o que eu estou falando, ouviu? Porque vou demorar uma hora. Vai para algum lugar quentinho e fica me esperando lá.

— Para quê…?

— Chega, está decidido.

— Como assim "está decidido"…?

E assim terminou a ligação.

— Como ele diz que está a caminho, se ainda vai demorar pelo menos uma hora?

Queria contestar a mentira deslavada, mas a verdade é que o seu nervosismo tinha desaparecido milagrosamente.

*Vou esperar obedientemente.*

Assim que saiu da estação, avistou vários táxis e ônibus parados. Observou os arredores, tentando identificar algum restaurante legal, mas não viu nada de especial. Continuou caminhando, distraída, até que cogitou: *Será que eu deveria esperar dentro da estação?* Foi então que avistou luzes ao longe. Como se tivesse sido enfeitiçada, foi se aproximando até encontrar uma loja pequena que não combinava em nada com o entorno.

"SE A SUA VIDA FOSSE UM LIVRO..."

*Hm, nada mal.*

O ambiente aconchegante era bem no seu estilo. Quando colocou as mãos na maçaneta, as dobradiças antigas fizeram um *nheec*, seguido pelo som de um sininho pendurado na porta: *tri-lim*. Talvez por estar em um lugar tão afastado, não havia nenhum cliente na loja.

— Seja bem-vinda à nossa livraria de bebidas.

Sobre a cabeça da garçonete que lhe cumprimentara alegremente havia orelhas de coelho. Quando pensava no *Chuseok*, lembrava-se da imagem tradicional que os coreanos veem na lua cheia: um coelho socando arroz com um pilão, preparando a farinha para o *tteok*. Isso a fez abrir um sorriso naturalmente.

*Que fofo.*

Seguiu as orelhinhas saltitantes e sentou-se em seu lugar. Só depois de receber o cardápio e ver as garrafas de bebida alcoólica nas prateleiras da parede foi que percebeu: tratava-se de um bar. As garrafas e as taças eram tão bonitas e de formatos tão variados que, a princípio, pensou estar em um lugar que comercializava carros.

— Vocês não têm aperitivos?

Ao desviar o olhar do cardápio e erguer a cabeça, seus olhos encontraram os do bartender. Um ar exótico emanava do homem de cabelo azul. Em seu crachá, estava escrito "Moon".

— Quando a senhorita escolher um *drink*, entregaremos uma comida que combine, por conta da casa.

— Que beleza.

Não podia acreditar que os aperitivos viriam de graça ao escolher um *drink*.

Desconfiada, pensou: *Será que são restos de comida? Não é absurdamente caro, é?* No cardápio, o preço das bebidas não estava explícito.

*Mas é uma lojinha pequena... Será mesmo?*

Enquanto tudo isso passava por sua cabeça, apontou com o dedo para o item que parecia mais barato e perguntou:

— Quanto seria esse aqui?

— Ah, vejo que a senhorita escolheu a edição limitada do item especial de *Chuseok*.

O valor dito pelo homem, que sorria sem mostrar os dentes, era mais baixo do que ela imaginava. Não tinha muita diferença em relação ao preço de um *soju* vendido em uma loja de conveniência. No entanto, para um coquetel ou vinho, o preço era razoável.

— Vou querer esse aqui, por favor.

Ele assentiu com a cabeça, e o espetáculo começou. A coqueteleira passou da mão direita para a esquerda, e, antes que percebesse, estava dando uma volta completa no ar. Enquanto olhava encantada para a cena nunca antes vista, sua bebida ficou pronta em meros instantes. Mas esse ainda não era o fim do show.

*Será que é mágica?*

Com uma frigideira untada com um fio de óleo, o bartender estalou os dedos com um *tlec, tlec*, e, de repente, chamas se ergueram fazendo um *fwoosh!*

Ele não estava usando fogão nem qualquer outra ferramenta capaz de produzir fogo. As chamas queimavam e mantinham o calor apenas com o balançar da panela no ar.

A garçonete com orelhas de coelho entregou ao bartender uma mistura de ovos levemente batidos com água e, assim como a bebida, um *gyeranmari* apareceu de repente na frente de A-reum.

— Aproveite com moderação.

O cheiro quente fazia a raiz do nariz coçar e atiçava suas papilas gustativas. Assim que colocou na boca, o aroma de queijo e o ovo macio derretendo se espalharam suavemente.

*Quando foi que ele colocou queijo?*

Parecia mais uma omelete no estilo ocidental do que um *gyeranmari*, um prato típico coreano que se assemelha à omelete, mas enrolada em camadas. Estava extremamente satisfatório. Enquanto mastigava a comida aos poucos, seus olhos focaram naturalmente no copo que continha o *drink*. O líquido azul, agitado e quase transbordando, lembrava tanto as ondas batendo no quebra-mar quanto o azul profundo do céu de outono.

*Deve estar gostoso, né?*

Engolindo o resto de queijo que sobrara na ponta de sua língua, levou o copo com cuidado até à boca. Não era um coquetel aromático. Assim que ingeriu o conteúdo que mantinha na boca, deixou escapar uma exclamação involuntária.

— Blergh!

Era tão amargo que empurrou toda a língua para fora. Embora tenha coberto a boca rapidamente com a mão, quem preparara a bebida estava bem à sua frente, e o gosto do *drink* estava tão ruim que fizera A-reum contorcer o rosto em uma careta. Pelo menos a omelete, que apressou-se em colocar na boca novamente, neutralizou aquele sabor terrível.

*E dá para dizer que esse aperitivo combina com a bebida?*

Pensou que, na verdade, eles deveriam ter aberto um restaurante, não um bar. Sem nenhuma vontade de continuar com o *drink*, começou a mexer no celular.

*Estou aqui no barzinho que dá para ver quando vem descendo da estação.*

Enviou a mensagem aos seus pais, mas, talvez por estarem dirigindo, não responderam imediatamente.

*Bonito até que é, mas...*

Imediatamente, sentiu um calor subir. O teor alcoólico da bebida devia ser alto. Se ficasse quieta, observando, conseguia enxergar o mar azul e o céu profundo dentro da taça. Julgando somente pela aparência, era um coquetel um tanto encantador – só não combinava em nada com o gosto que sentia ao encostá-lo à língua.

*Será que estava amargo porque era o primeiro gole?*

Tentou provar mais um gole, mas, como esperado, o resultado foi o mesmo. Desta vez, estava preparada. Antes que uma careta se formasse em sua face, correu para enfiar a omelete na boca.

— Uff... Ahh...

Sentiu frio no ar que inspirou, mas o que expirou já estava mais aquecido. Pensava ter uma tolerância maior ao álcool, mas apenas dois goles da bebida já bastaram para que suas bochechas enrubescessem. Na taça, restava aproximadamente um gole do oceano, mas não tinha coragem de bebê-lo.

*Que sufoco.*

Cada vez que o coquetel passava por sua garganta, todo o seu rosto se contorcia. Ainda assim, se olhasse para as ondas que oscilavam na bebida, imediatamente sua mão ia de novo em direção ao copo, como se estivesse enfeitiçada.

O calor que sentia, causado pela embriaguez e talvez por algo mais, se agitava em seu peito. Chegou a ter um impulso súbito de gritar um "Argh!" diante da pressão inesperada que o apertava.

*Será que é porque estou muito cansada?*

Uma tristeza desconhecida tomou conta de A-reum. Pensou nas tarefas que precisara cumprir para conseguir aproveitar o feriado. Por aceitar sempre fazer hora extra, sentia-se esgotada, e esse estresse parecia provocar aquele aperto no coração.

*Será por isso mesmo?*

Nem mesmo quando era chamada a atenção por seu superior devido a algum deslize se sentia tão frustrada e triste assim.

*Que raios é o problema?*

Enquanto se questionava, ouviu o barulho do sino pendurado na porta tocando às suas costas.

— Filha!

— Mãe?

A voz estava alegre. Quando se virou e olhou em sua direção, avistou sua mãe, sorridente. Só então o aperto que sufocava seu peito até aquele momento começou a afrouxar.

— Aff, que cheiro de álcool! Você nem consegue beber direito, está fazendo o que aqui? Comeu alguma coisa pelo menos? *Gyeranmari*? Acha que isso é o suficiente? Tem que comer uma refeição, comida de verdade.

Sentando-se ao seu lado, sua mãe já chegou dando bronca. De repente, abraçou-a com força e uma tempestade de choro ameaçou inundar seu coração. Mas apenas empurrou os lábios em um bico e respondeu, seca:

— Eu lá sou uma criancinha? Além do mais, aguento bastante bebida, sim.

— Aguenta bastante nada. Sua cara já está vermelha e nem está batendo direito da cabeça.

Sua mãe estalou a língua com um *tsc, tsc*, enquanto balançava a cabeça em negativa.

— E você é quem para falar, mãe?

— Aff, que respondona! Vou acabar com você, viu?

A risada contida que escapou da boca de sua mãe automaticamente fez seu bico se encolher e os lábios subirem em um sorriso. E então, *chuááá*, como se uma represa desmoronasse, irrompeu em lágrimas.

— Sério…

Nem tinha motivo para chorar, e isso a deixava desconcertada. A mãe pegou alguns guardanapos que estavam sobre a mesa e secou as lágrimas que insistiam em cair.

— O que houve? Está sofrendo muito esses dias?

O abraço de sua mãe, que a confortava com tapinhas nas costas, era muito aconchegante. Mesmo sendo muito menor do que um carro ou um trem, o calor incomparável envolvia todo o seu corpo. *Chuif, chuif*. Quando suas glândulas lacrimais rompidas finalmente secaram, sua mãe deu uma risada.

— Nossa, você é muito azarada. Logo o trem que você pegou acabou parando?

— Pelo menos cheguei até a Estação de Ulsan.

A provocação saiu por sua garganta rouca como um protesto. Mas, apesar de estar confortando a filha até então, sua mãe logo voltou para a ofensiva:

— Como é que pode uma criança crescida dessas chorar tanto assim? Está chorando até agora nos braços da mãe. Se tem tanta lágrima para chorar assim, vai arranjar um namorado bonitão para secar elas para você. Encontra um homem bom como o seu pai e traz para me conhecer, está bom?

— Aff, eu ainda sou nova.

— E quem falou em casamento? Vai namorar algum rapaz legal, para não fazer sua mãe se preocupar. Porque eu estou cansada, viu? Cansada...

— Fala sério, te odeio — respondeu com uma voz cheia de tempestuosidade, mas nem cogitou afrouxar o abraço apertado que mantinha na mãe.

— Até quando você vai ficar agindo que nem criancinha? Sua mãe não vai estar ao seu lado para o resto da vida... Quando eu morrer, vai ficar chorando no meu túmulo?

— Ah, por que você tem que falar assim?!

As palavras da mãe fizeram a filha gritar, subitamente tomada pela raiva. Sua mãe era sempre assim. Mesmo que repetisse essas coisas desde sempre, tinha uma habilidade única de chateá-la.

— Imagina que você arranja um namorado... Acha que vai ficar abraçada assim com a sua mãe? Vai fingir que nem me conhece e ficar só com ele, de tanto que vai gostar.

— Eu vou ficar com você!

— Ah, que filha dedicada, tão dedicada... Ficar comigo para quê? E a gente vai fazer o quê juntas? Jogar *Go-Stop*?

Estava irritada, mas tinha certeza de que, não importava o que dissesse, nada satisfaria sua mãe, então fechou a boca. O maior ato de rebeldia que podia cometer agora era simplesmente se afastar do abraço materno e fazer cara de brava.

— Chega. Quero ir para casa agora.

— Isso. Você tem que ir.

A-reum mexeu na taça com o restante da bebida. Não queria tomar, mas também não queria deixar sobrando na frente da mãe, depois de ter sido zoada por não aguentar beber muito. Quando o tempo parecia se arrastar, lembrou-se da mala de viagem aos seus pés.

— Ah, é mesmo. Trouxe uma comida que eu fiz.

— Comida? E você sabe fazer uma coisa dessas?

— Já te disse que às vezes acho que você me subestima muito? Só fiz um *japchae*. Para usar no *charye* do *Chuseok*.

*Ziiip!* Abriu o zíper da mala de viagem e pegou o precioso pote hermético, que havia escondido com cuidado em meio ao amontoado de roupas. Por dentro, estava repleto do *japchae* que preparara para o ritual em homenagem aos ancestrais no *Chuseok*.

— Seria melhor ter trazido *jeon*, que seu pai gosta.

— Ah, mas você gosta de *jabchae*, mãe!

— Hum?

— Antes, no fim do *charye*, você ficava comendo só *jabchae* por dias! Foi pensando nisso que eu trou…

Por que será? Não era como se tivesse trazido todos os *banchan*, então por que só *japchae*? Se era para o *charye*, por que trazer justo a comida que a mãe gostava? A refeição preparada por ela obviamente ficaria mais gostosa, então por que foi A-reum quem cozinhou? Podia ter comprado em alguma feira ali por perto também – então por que se deu ao trabalho de colocar na mala de viagem e trazer consigo para o trabalho?

De repente, lembrou-se do que estava causando o aperto em seu peito. Suas lembranças, antes obscuras como uma silhueta, tornaram-se mais nítidas, até que lhe faltou o fôlego.

— Mãe.

Virando a cabeça, viu os cabelos balançantes da mãe brilharem. Sua pele também não estava inchada – exatamente como era antes. Contudo, não havia como estar assim agora...

— Por que você escondeu de mim?

O sorriso foi desaparecendo do rosto de sua mãe e, conforme isso acontecia, ficavam um passo mais próximas da vida real.

*Não fale, não fale. Simplesmente não fale nada!*

A luz de emergência acesa em sua cabeça gritava, mas seus lábios se mexiam involuntariamente.

— Se você estava doente, tinha que dizer que estava doente. Então por que escondeu de mim? Você sabe como eu me senti traída? Por quê? Por quê?! Por que você não contou para mim…

Como começara a morar em Seul antes de conseguir o emprego, já fazia muito tempo desde que saíra de casa.

Com o que estava tão ocupada? Embora sempre desse ouvidos com facilidade aos pequenos favores que seu superior pedia, e até às piadas do parceiro de negócios da empresa, não conseguiu ouvir direito a voz da própria mãe.

O que a incomodava tanto? Atendia às ligações sorrindo e conversando amigavelmente, então por que se irritava tanto e ficava só repetindo "na próxima", como se fosse um papagaio?

Era o câncer – a doença que estava roendo sua mãe aos poucos. Ela dizia que preocuparia a filha, que a distrairia dos preparativos para o trabalho, que não queria atrapalhá-la a se acostumar com a rotina na empresa. Sua mãe não lhe contou sobre a doença que enfrentava.

Só soube depois que já havia passado muito tempo. A mãe esquelética que encontrara estava muito diferente daquela que conhecia. Logo agora que ela finalmente tinha condições de cuidar da mãe. Agora que conseguiria comprar comidas deliciosas para ela, levá-la para passear em lugares agradáveis. Mas sua mãe não esperou.

Pediu perdão. Implorou a Deus que lhe desse apenas mais uma chance. Disse que não precisava de mais nada. Pediu somente que curasse a doença de sua mãe. Se dissessem que era "maligno" ou "metástase", ela implorava e implorava aos Céus. Mas sua súplica não foi atendida. E foi assim que sua mãe a deixou, no inverno passado.

— Você estava com muita dor, né, mãe?

Usou todas as suas forças para não perder a mãe em meio à visão que embaçava.

— Estava, sim, filha.

A mãe tirou da frente o cabelo que tapava os olhos da filha, sorrindo.

— Desculpa, filha. Não queria mostrar para você que estava doente. E parabéns por ter entrado na empresa que queria. Eu nem pude te dar uma festa para comemorar direito.

— E de que isso ia adiantar?

Mesmo em meio à raiva e à frustração que lhe apertavam o peito sozinha, sua mãe olhava em silêncio para seu rosto.

— Até agora eu não acredito... que você não está mais aqui do meu lado. Quando eu volto para casa, quando ligo para lá, parece que a qualquer momento vou conseguir te ver. Eu estou com tanta saudade...

Perdidamente embriagada, puxou sua mãe em um abraço apertado.

— Você pode não ir? Você não pode ficar aqui, do meu lado?

O toque suave de sua mãe acariciou seu cabelo, e sua voz carinhosa falou em seu ouvido.

— Você lembra daquele dia? Você estava no ensino fundamental, ou no ensino médio... Ficou irritada porque não dava para trancar a porta do seu quarto e gritou comigo, lembra?

Foi durante a puberdade – o dia em que A-reum se irritou com a mãe por entrar abruptamente em seu quarto. Dizendo que já estava crescida, que isso era uma invasão de privacidade, ficou extremamente furiosa, e seus pais colocaram uma dobradiça na porta de seu quarto para que pudesse trancá-la.

— Dizendo que era para proteger sua privacidade? E eu ainda sou assim... Sabe que eu fico só olhando para você todo dia, né? Não pode, né? Você também já está bem crescida... Acha que dá para eu continuar de olho em você?

Por mais forte que apertasse, o peso de sua mãe parecia estar ficando mais leve – exatamente como quando foi emagrecendo por causa da doença.

— Então você também tem que pensar em mim de vez em quando. Não é fácil, não.

Ela fingia estar bem, mas a voz de sua mãe também vacilava um pouco. Parecia que aquela fala, carregada de tristeza, era uma despedida.

— Acho que eu te tratei muito mal, mãe.

— Então trate de ser boa com o seu pai.

Aos poucos, a voz de sua mãe foi ficando mais longe. O corpo que seus dedos ainda tocavam também começou a desaparecer. O copo do *drink* extremamente amargo, deixado sobre a mesa, também estava vazio. Mas o calor e o aconchego de sua mãe ainda permaneciam naquele lugar – e, por isso, ela permitiu que seu corpo cansado de tanto chorar, enfim, descansasse.

— A-reum! Eu te disse para entrar num restaurante e ficar esperando lá, por que você está esperando aqui fora?

— Pai?

Quando abriu os olhos, viu que estava sozinha, agachada e sentada no chão. Mesmo olhando em volta, a loja que emanava vibrações estranhas tinha desaparecido sem deixar rastros. A única coisa que via eram os olhos repletos de preocupação de seu pai, que avaliava sua segurança com a mesma voz ansiosa com a qual lhe telefonara enquanto ela ainda estava na estação de trem.

— Você bebeu?

— Uhum... Um pouco.

— Vamos. Vai acabar pegando uma gripe.

Carregou seu corpo até o carro do pai. Apesar de o verão ter terminado e o ar frio já começar a circular lá fora, seu corpo ainda estava aquecido, como se tivesse sido abraçado firmemente por alguém.

— Me atrasei um pouco, né? É que estava engarrafado...

— Você ainda está fazendo muitas viagens a trabalho?

— Hum? Estou sim.

Olhou em silêncio para o perfil de seu pai, enquanto segurava no volante. Quando foi que ele ficou com tantas rugas?

— Está sendo difícil essas viagens todas, né? Já que todo dia precisa dormir num lugar diferente...

— Difícil nada. De qualquer jeito, ia acabar entediado se ficasse em casa sozinho.

Olhando a mala de viagem que colocara no banco de trás, mexeu os lábios com cuidado:

— Pai, a mamãe gosta de *jabchae*?

Quase não tinha conversado com seu pai sobre sua mãe depois que ela se fora. O pai, um pouco desconcertado com o assunto repentino, respondeu um pouco depois, com um sorriso fraco:

— Acho que… antes ela odiava, né? Você também não gosta de *jabchae*. Seu paladar é igual ao da sua mãe. Quem gostava de *jabchae* era o seu avô, né?

Depois do ritual aos ancestrais, sua mãe sempre comia *jabchae*. Por isso pensara que ela gostava do prato, mas parece que isso também deveria ser por causa da filha, que não o comia por completo.

Contendo o coração partido, abriu a boca com dificuldade.

— Eu encontrei a mamãe.

— O quê?

— Devo ter caído no sono porque estava bêbada. No sonho, eu vi a mamãe. Parecia que ela tinha vindo me encontrar de verdade.

Parecia que o pai também estava ponderando sobre como deveria responder a essa história absurda. Ficando em silêncio por um momento, o pai concordou levemente com a cabeça e perguntou:

— E ela estava bonita?

— Estava. Estava muito, muito bonita. Não parecia estar nem um pouco doente.

Com os olhos um pouco avermelhados, seu pai fungou com o nariz uma vez, e depois respondeu já recomposto:

— Ainda bem.

— É.

E assim seguiram de volta para casa.

— Você também consegue fazer as pessoas se encontrarem com quem já morreu?

Coelha da Lua fungou com o nariz e perguntou a Moon. Tinha visto a cliente que passara por ali há pouco, com os olhos vermelhos de tanto chorar.

— Hoje é o *Chuseok*, né? O dia em que a lua se abre... Em vez de trazer a pessoa morta para cá, é mais como se eu estivesse facilitando para que encontrassem quem procuram.

— Eu mesma trabalhei tanto tempo como protetora da lua... É incrível o senhor conhecer tão bem essas coisas que nem eu sei.

— Eu também aprendi. Porque tinha uma pessoa para quem ensinar.

— E quem é essa pessoa?

Moon fez contato visual rápido com Coelha da Lua e virou o rosto para organizar as taças.

— Tenho.

Tinha certeza de que ele iria falar alguma coisa incompreensível, mas Moon fechou a boca como se fosse um segredo. Achou estranho, mas o rosto de seu chefe estava estranhamente fechado, então não indagou mais. Coelha da Lua decidiu mudar a pergunta.

— O senhor já teve que se despedir de alguém?

— Tive, sim.

— Sério?

Estava surpresa. Pelo que observara até agora, ele poderia criar uma porta para qualquer lugar que quisesse ir, não importa onde fosse. Pensou que, se estivesse com saudade de alguém, faria a mesma coisa para encontrar a tal pessoa imediatamente.

— Quem foi? Você ficou triste? Você chorou?

— Claro que fiquei triste. Tão triste que todos os pratos mais deliciosos do mundo tinham gosto de terra, que mesmo caminhando por uma paisagem infinita, não conseguia sentir vento nenhum.

Não dava para saber se o que ele dizia, enquanto lavava os pratos e utensílios de cozinha, era verdade ou alguma brincadeira.

— Pratos mais deliciosos do mundo, paisagem infinita… O senhor fez algum tipo de viagem de despedida?

— Se é viagem, é viagem, né? Em vez de querer ir para algum lugar específico, eu só fui porque queria fugir da vida normal.

Os olhos de Moon não apresentavam qualquer resquício de sorriso, parecendo um pouco tristes.

— Porque aquela pessoa estava tão presente no meu cotidiano que eu acabava pensando nela o tempo todo, e sentia um aperto enorme no coração...

— Hmm.

Uma tristeza parecia se transmitir a partir de sua voz. Seus olhos vermelhos aparentavam estar prestes a chorar novamente. Percebendo isso, Coelha da Lua mexeu as orelhas, fingindo não notar, e perguntou:

— Você ainda sente saudades?

Sem evitar contato visual, Moon olhou direto para os olhos da funcionária, em silêncio. E então sorriu como sempre.

— Não. Agora está tudo bem.

7

# O JOVEM QUE ENVELHECEU

— A*rf, arf.*

A Coelha da Lua empurrou o chão com toda a força que tinha nas pernas. As gotas de suor que se formavam em sua testa eram empurradas pelo vento, e ela corria com toda a sua força até seus pulmões murcharem e perderem o fôlego. Entretanto, por mais que se esforçasse para correr, mal conseguia escapar.

— Pare. Pare, Bo-reum. Você já está cercada. Pare!

As luzes que piscavam no ritmo das batidas aceleradas de seu coração vinham perseguindo-a bem de perto. Coelha da Lua era uma coelha forte. Uma coelha poderosa o bastante para se tornar uma protetora no espaço. Bastava querer, e até suas pernas, aparentemente magricelas, se inflavam em músculos definidos, capazes de correr como as de um medalhista olímpico de atletismo.

*Por que não está funcionando?*

No entanto, por algum motivo, seu corpo – normalmente capaz de se transformar com naturalidade em massa magra – não estava lhe dando ouvidos. Era quase como se alguém tivesse amarrado algum peso enorme às suas pernas.

E não era só isso. Por mais que disparasse a correr, a paisagem ao redor não mudava. Era como se estivesse sobre uma esteira: apenas a superfície do chão se movia, continuamente, para trás.

— Arf, arf!

Diferentemente de Coelha da Lua, que pisava no chão com toda a força que tinha, mas não conseguia sair do lugar, o pisca-pisca intercalado das luzes vermelhas e azuis chegava a uma distância cada vez mais perigosamente próxima. Os rostos assustadores dos robôs, com sirenes afixadas à cabeça, e a urgência que ela sentia apertavam ainda mais o seu coração.

— Não!

Apesar dos esforços de Coelha da Lua, os braços de aço que a caçavam insistentemente conseguiram, enfim, capturá-la. Ela gritou, mas os robôs foram impiedosos. Em um instante, tudo ao redor ficou escuro, e seu corpo foi arremessado em algum lugar desconhecido.

*Borbulha, borbulha…*

Parecia que tinha se estatelado no céu vazio da noite sem estrelas. Privada até mesmo de seu senso de direção, ficara apenas sob a ilusão de que girava vertiginosamente, sem parar. Nesse espaço em que nada conseguia enxergar, Coelha da Lua se debateu repetidas vezes por um longo tempo.

— Argh!

De repente, sentiu uma força poderosa agarrá-la e puxá-la pelo ombro. Só então seu entorno se clareou, como se alguém tivesse arrancado o pano preto que cobria sua cabeça. Coelha da Lua descobriu que estava sentada em uma cadeira dura.

*Onde estou?*

Apenas uma única lâmpada iluminava o espaço escuro. Sob a luz amarela, via-se uma mesa retangular com um gravador sobre ela.

— Você precisa depor com honestidade.

— Porque, se mentir, vai agravar a pena!

Os dois detetives sentados do outro lado da mesa tinham o formato exato de uma lâmpada. Nessa lâmpada de tamanho humano, estavam presos braços de aço, e havia olhos, nariz e boca, aparentemente desenhados com canetinha. Cada um tinha uma cor: vermelho e azul. E, cada vez que conversavam entre si, seus corpos inteiros piscavam.

*Parece a decoração de uma árvore de Natal.*

O vislumbre dessa imagem adorável desfez a tensão em seu corpo. O pouquinho que os cantos de sua boca levantaram foi o suficiente para que a lâmpada vermelha contorcesse o rosto numa careta ameaçadora.

— Você acha que estamos brincando?!

*BLAM!*

A lâmpada vermelha bateu a cabeça contra a mesa, produzindo um som metálico, e estilhaços de vidro voaram para todos os lados. Quando levantou a cabeça novamente, Coelha da Lua gritou por dentro.

Ao aproximar aquela superfície cortante e afiada pelo impacto, Coelha da Lua suou frio. Sentia que, caso mentisse, seria perfurada a qualquer momento.

— Você violou a Lei Espacial. Está ciente, correto?

A lâmpada azul ao seu lado fez a pergunta com frieza na voz. Parecia não ter qualquer intenção de impedir a violência da lâmpada vermelha.

Coelha da Lua quis contestar, perguntar do que estavam falando, mas calou-se ao ver a fotografia deixada sobre a mesa.

— Esse aqui é o marginal que anda saqueando a 527ª Biblioteca compulsivamente. Está tomando a liberdade de mexer nos livros como quer... Isto é claramente uma violação do Artigo 3, parágrafo 29, da Lei Espacial.

A lâmpada azul deu batidinhas na mesa com sua mão de aço, fazendo um *tec, tec*. O rosto da pessoa apontada como "marginal" na foto era muito familiar à Coelha da Lua. O gerente do seu local de trabalho. Era Moon.

— Nós vemos você como cúmplice dele.

A lâmpada azul folheou as pastas de ficheiros e encarou Coelha da Lua com ferocidade.

— Eu...

Como se estivesse apenas esperando que ela abrisse a boca, a lâmpada azul golpeou a mesa com um *BLAM!* e berrou:

— Olhe para cá! São as gravações das câmeras de segurança da 527ª Biblioteca! A pessoa que está aqui junto dele não é você?!

Era exatamente como dizia. No dia em que compraram os ingredientes para as bebidas... Era possível vê-la com suas compridas orelhas de coelho ao lado de Moon.

— I-isso aqui é...

— Já basta de desculpas. Se confessar agora, levaremos isso em consideração na hora de seu julgamento.

— Ande logo e admita seu crime!

As luzes vermelha e azul piscaram e esbravejaram contra ela. O brilho que estourara com um clarão desmantelou a compostura de Coelha da Lua, e, por meio dessa abertura, as vozes coercitivas rugiram ainda mais.

— Então, é que...

— Até quando você pensou que conseguiria nos enganar?

— É pena de morte! Execução!

*Por que raios algo assim acabou acontecendo?* Pisca, pisca. Em meio ao seu campo de visão cada vez mais atordoado, de repente, avistou o rosto de Moon. Ele se apoiava na parede, observando Coelha da Lua com a expressão de tranquilidade de quem assistia a um incêndio do outro lado da margem do rio.

— Senhor gerente!

Ela gritara com urgência, mas ele olhou para seu rosto confuso e, achando graça em alguma coisa, apenas sorriu com um "hehe". Enquanto isso, a voz ameaçadora disparava contra Coelha da Lua.

— Você não pode mais nos enganar. Já descobrimos tudo!

— Diga! Diga! Diga!

Quando os urros crescentes estavam prestes a ensurdecê-la, Moon finalmente abriu a boca.

— Está tendo um pesadelo ou algo assim?

Por incrível que pareça, assim que seus lábios se mexeram ligeiramente, os gritos barulhentos que soavam sem parar pela sua cabeça foram silenciados. As lâmpadas ainda mantinham as carrancas e os gritos, mas a única voz que chegava ao ouvido de Coelha da Lua era a voz serena de Moon.

*Sonho?*

Perguntou-se subitamente se, como Moon havia dito, ela não estaria sonhando.

— Confesse!

E houve a tranquilidade do silêncio, mas apenas por um momento... Assim que Moon fechara a boca, como se alguém tivesse aumentado o volume com um controle remoto, as vozes incisivas voltaram a atormentar Coelha da Lua.

— Mas o que eu preciso fazer para acordar de um sonho? — gritou com urgência.

— É só colocar a língua para fora e fazer uma cara engraçada.

*Que método esquisito...*

Entretanto, como o que Moon falava sempre era difícil de entender racionalmente, Coelha da Lua empurrou bem a língua para fora e fez uma careta engraçada.

*Quanto tempo vou precisar ficar assim?*

Quando ela lançou um olhar furtivo em direção a Moon, seu chefe estava gargalhando com a mão agarrada à barriga. Ele secou as lágrimas que se formaram em seus olhos e seus lábios se mexeram ligeiramente, como se achasse a situação divertida.

— Eu menti.

— Ick!

Guinchando de vergonha, Coelha da Lua ficou com o rosto totalmente enrubescido por causa do calor que subira às suas bochechas. Estava com tanta raiva que apertou os punhos, indignada, e inflou seus braços delgados até preenchê-los completamente com músculos. Graças a isso, conseguiu empurrar as lâmpadas brilhantes à sua frente sem maior dificuldade.

— Ah, que bom.

Antes mesmo de Coelha da Lua perceber que seu poder havia voltado, Moon colocou a mão sobre a maçaneta da porta dos fundos.

— Me espera!

Ele a abriu a porta e desapareceu em alguma direção. Completamente enfurecida, Coelha da Lua o seguiu e entrou.

— Ahh!

No instante que atravessara, o chão se abriu sob seus pés e o centro de gravidade pendeu para a frente. E foi assim que o corpo de Coelha da Lua despencou por um buraco, no espaço repleto de escuridão.

*TUM!*

— Hum?

Adormecida de bruços sobre a mesa, Coelha da Lua levantou-se de repente com um pulo. Ainda com sonolência nos olhos, olhou para baixo e viu que seus braços estavam com os músculos definidos. Com receio de que alguém a tivesse visto, limpou a saliva que escorrera de sua boca enquanto dormia e relaxou os músculos dos braços.

*Nossa, era um sonho mesmo.*

Depois de conferir se seus braços haviam voltado ao tamanho normal, olhou ao redor cautelosamente. Felizmente, não havia ninguém a observando.

*CLING! CLANG!*

Uma barulheira podia ser ouvida vindo da cozinha. Coelha da Lua se aproximou de fininho e viu Moon de costas, cozinhando alguma coisa. Parecia estar muito concentrado no preparo da comida e, por isso, não devia ter percebido que a funcionária estava cochilando. Coelha da Lua perguntou com cuidado:

— O que o senhor está preparando?

— Sopa de abóbora japonesa.

A cozinha de Moon era um tanto especial. Comparada ao salão, que era ligeiramente pequeno e estreito, ela era tão ampla quanto a de restaurantes especializados – e estava equipada com uma variedade de utensílios.

Quando virou o rosto na direção do calor que sentia, viu os livros saqueados da biblioteca organizados em uma fileira. Sobre eles, estavam panelas diferentes entre si, e parecia que, dependendo da luz que irradiava dos livros, a cor dos ingredientes mudava. Mas ela não tinha como saber maiores detalhes.

— Mas nós não temos isso no cardápio, senhor.

— É só porque eu queria tentar fazer...

Com a cabeça inclinada, ela se aproximou de Moon lentamente. Em um lado da bancada, viu a abóbora usada que havia sobrado do preparo. Era uma simples abóbora japonesa. Do mesmo modo, debaixo das panelas das quais subia um cheiro adocicado, havia um simples fogão – e não livros.

— O senhor gosta de sopa de abóbora japonesa?

Ao lado de Moon, que movia as mãos incessantemente, Coelha da Lua farejava com o nariz.

— Mais ou menos? É a primeira vez que eu mesmo preparo.

Ficou um pouco admirada que alguém como ele, que sempre preparava pratos misteriosos com tanta facilidade, teria algum que não conseguisse fazer.

— Por que será que eu quis fazer isso de repente? Não estou com fome... e nem é minha comida favorita...

— Mas o senhor costuma ser meio esquisitão mesmo. Nossa, o cheiro está bom! Para a primeira vez, acho que se saiu bem, viu?

Moon estava completamente imerso em pensamentos, mesmo enquanto colocava a sopa de abóbora japonesa na tigela redonda. Seu rosto mostrava que mal conseguia compreender o próprio comportamento. Mas, ao ver o brilho nos olhos de Coelha da Lua, que não conseguia desviá-los da tigela, sua expressão se suavizou – como se, de repente, tivesse encontrado a resposta.

— Você gosta de sopa de abóbora japonesa, né?

— Oi? Bom, gosto, sim. Mais do que desgosto.

Embora Coelha da Lua se esforçasse para fingir normalidade, preocupava-se internamente com a possibilidade de Moon não lhe oferecer a sopa. Sopa de abóbora japonesa era uma de suas comidas favoritas. Gostava tanto que poderia comê-la nas três refeições do dia.

— Devo ter feito por causa de você.

Moon deixou escapar um riso contido e, segurando o prato, seguiu em direção ao salão. Atrás dele, vinha Coelha da Lua. Ao entrarem, Moon pegou uma colher e se sentou à mesa para dois. Sobre ela, havia exatamente uma porção da refeição preparada.

— Experimenta. Vai estar bem gostoso.

Com o rosto tranquilo, Moon indicou a cadeira do outro lado da mesa. Coelha da Lua prontamente se sentou ali. A tigela com a sopa de abóbora japonesa estava bem diante de seus olhos.

— Eu como sozinha?

— Isso, já que eu fiz por causa de você...

— O quê? O senhor fez mesmo isso para me dar? Por quê?

— O motivo eu vou ter que descobrir aos poucos.

Ele preparou a comida para ela, e a razão para isso não era nem "Achei que estaria com fome" ou "Fiquei com vontade de fazer um prato novo", e sim "Não sei". Com os olhos demonstrando cansaço, Coelha da Lua disse:

— É aquilo de novo?

— Como assim "aquilo"?

Ela apertou as sobrancelhas, pigarreou e imitou a voz de Moon.

— "Aqui é o lugar onde as coincidências também viram destino. Com certeza deve haver uma razão para eu ter ficado com vontade de fazer essa sopa." Certo?

Sem negar, Moon assentiu com a cabeça. Vê-lo concordar com a piada que dissera em tom de brincadeira a deixou um pouco confusa.

— Se for esse tipo de destino, sempre será bem-vindo.

Depois de dar uma resposta adequada, Coelha da Lua pegou sua colher. Agora, a sopa quentinha à sua frente vinha primeiro. Por causa do cheiro apetitoso que pairava na ponta do nariz, ficar quieta apenas observando era difícil.

— Se a coincidência é o destino, que raios seria esse destino, então?

Na verdade, não perguntara por estar realmente curiosa. Fora um cálculo rápido que fizera com a intenção de ocupar a atenção de Moon para que pudesse tomar a sopa à vontade. A operação parecia ter sido um sucesso. Porque ele ficou absorto em pensamentos e somente depois começou a abrir a boca. A partir de agora, Coelha da Lua poderia fingir que escutava apropriadamente enquanto provava sua sopa em paz.

— Eu ter montado meu negócio aqui, entregado as histórias aos clientes ou, pelo contrário, eu mesmo me deparar com as histórias deles, e depois alguém acabar lendo a nossa história também: tudo é destino. E, praticamente, o fato de você estar trabalhando aqui também é.

Coelha da Lua concordou com a cabeça, fazendo uma expressão séria, mas todos os seus nervos se concentravam em apenas um sentido: o paladar. A sopa, que fazia cócegas em seu nariz e deixava sua língua contente, estava tão deliciosa que mal se imaginava ser a primeira tentativa de alguém em prepará-la. Talvez fosse melhor ter aberto um restaurante que vendesse sopas.

— E também...

— Hum?

Com apenas os olhos sérios e a boca ainda se mexendo sem parar, Coelha da Lua levantou a cabeça. Não estava claro se havia ouvido ou não, mas pelo menos fazia que sim com a cabeça diligentemente.

— E também é destino servir sopa para a funcionária que está cochilando no meio do expediente.

— Pfft.

Tais palavras quase fizeram Coelha da Lua cuspir tudo o que tinha dentro da boca. Moon serviu um copo de água à funcionária, que sofria com uma crise de tosse terrível. Como Coelha da Lua bebeu tudo de uma vez, o copo ficou vazio em um instante.

— Err, cof. É porque está fazendo frio esses dias, cof.

— Esqueceu que coelhos não hibernam?

Coelha da Lua pensou em dizer que sua linhagem costumava adormecer quando o tempo esfriava, mas decidiu deixar para lá. Era verdade que o inverno tinha chegado, mas era impossível a temperatura atingir um nível comparável ao frio da Lua.

— O senhor me viu dormir?

Moon indicou o espelho pendurado na parede à Coelha da Lua, que investigava seu rosto furtivamente. O espelho estava a uma distância considerável da mesa, mas não tão longe a ponto de não refletir a enorme marca vermelha em sua testa. Como havia dormido de bruços, provavelmente ela surgira pela pressão contra a madeira.

— Parece estar anunciando o seu crime.

Enquanto esfregava a testa com a mão, Coelha da Lua de repente teve a sensação de que esquecera alguma coisa. Porque a palavra "crime" despertou a lembrança do conteúdo de seu sonho. Seu cenho franzido não passou despercebido por Moon.

— Por acaso você teve um pesadelo?

Ponderando se contava ou não, Coelha da Lua enfim pareceu desistir e suspirou profundamente.

— Foi um sonho estranho. Sonhei que estava sendo perseguida e que, por mais que corresse e corresse, não saía do lugar. No fim das contas, acabei sendo capturada.

Quando relembrou as lâmpadas enormes que brilhavam em azul e vermelho, seu corpo estremeceu. Ainda mais quando pensava na lâmpada vermelha... A imagem dela batendo a cabeça na mesa e fazendo estilhaços de vidro voarem para todos os lados continuava vívida em sua mente.

— Mas por que estavam te perseguindo?

— Porque descobriram a loja. O senhor me disse antes que isso era ilegal, lembra? E que poderiam nos levar a qualquer momento... Isso deve ter me preocupado lá no fundo.

Na verdade, ao continuar falando, percebeu que enfim havia organizado os pensamentos sobre o que vinha lhe incomodando ultimamente. Precisava tomar cuidado com as vendas para pessoas que lessem "Lua" no crachá de Moon ou "Bo-reum" no seu próprio. Essas pessoas sabiam que aquele lugar não era um bar comum – e vender para elas significava aumentar o risco de exposição da loja.

O sonho fora apenas fruto de sua imaginação ansiosa, mas a possibilidade de a loja ser descoberta – e eles serem detidos – era bastante real. As pastas grossas de fichários que a lâmpada azul segurava em seu sonho lembravam muito o Estatuto da Lei Espacial.

— Por acaso o senhor conhece bem a Lei Espacial?

— Conheço um pouco.

— O que é o Artigo 3, Parágrafo 29?

Até mesmo o Estatuto da Lei era, acima de tudo, um livro. Moon, que devia conhecer todos os livros propriamente ditos, ficou profundamente absorto em pensamentos. Então, respondeu como se tivesse se lembrado de um termo escrito em uma lista de palavras.

— Deve ser um artigo relacionado a roubo.

Por um momento, Coelha da Lua perdeu o fôlego. Será mesmo que o que vira em sonho era somente uma invenção? Será que não era um sonho premonitório?

Com cuidado, ela fez mais uma pergunta a Moon:

— Existe alguma espécie cujo corpo se pareça com uma lâmpada? Que costume mirar cargos na Polícia Espacial ou...

Deixando a frase morrer por causa da incerteza, Coelha da Lua analisou o ambiente. E quando viu Moon a fitando em silêncio, uma tontura percorreu suas costas em forma de arrepio.

— Não me diga que...!

Assim que Coelha da Lua gritou, empalidecida, Moon enfim deixou escapar a gargalhada que segurava até então. Aquela risada detestável era exatamente a cena que vira em sonho, sem tirar nem pôr.

— Por que está rindo?

— Porque estou chocado com a criatividade de sua imaginação. Então, no seu sonho, conheceu policiais com o corpo em formato de lâmpadas?

— Não ria.

Coelha da Lua franziu as sobrancelhas de repente, mas Moon continuou rindo por um longo tempo.

— Então o Artigo 3, Parágrafo 29 do estatuto não é sobre roubo também...?

— Não, isso aí é verdade.

Coelha da Lua ficou em um estado mental de perplexidade. Mesmo quando estava prestes a descartar o sonho como uma história sem sentido, a coincidência absurda tornava difícil afugentar completamente a sensação de alerta.

— Sei que foi só um sonho, mas o que o senhor acha de parar de vender para as pessoas que souberem onde fica este lugar? O senhor sabe que é perigoso.

— Tudo bem por você? Seu bônus deve diminuir...

— É muito melhor do que ser detida, né? E o senhor não disse que isso não combinava com os seus princípios de gestão?

*Aqui é simplesmente uma porta pela qual se passa, e não um lugar que realiza desejos.*

Quando se recordou das palavras de Moon, Coelha da Lua não conseguiu evitar o mal-estar. Porque parecia negar o pensamento de que talvez um lugar mágico como esse pudesse realizar até mesmo o seu próprio desejo.

— Ok.

Ver Moon concordar com a cabeça deixou Coelha da Lua bem surpresa, pois ela não imaginava que ele aceitaria aquilo com tanta facilidade.

— Oi?

— Mas aí também teríamos que suspender as vendas pela internet? Vamos precisar esconder de novo a passagem que dá acesso à nossa loja para as pessoas que sabem onde ela fica.

— E-espere. Não seria muito repentino? Além disso, sou uma mera funcionária...

Ela não sentiu qualquer tom de brincadeira em sua voz. Pensar que clientes acabariam não conseguindo encontrar a loja por causa do que ela mesma disse fez Coelha da Lua se sentir ansiosa de repente.

— O senhor não disse que aqui era o lugar onde até as coincidências viravam destino? Os clientes que vieram para cá sabendo onde era também descobriram como chegar aqui por acaso.

Reagindo às palavras de Coelha da Lua, Moon encarou-a por um momento. Em seguida, sorriu, dando de ombros, como se não tivesse importância.

— Mas as coincidências são desse jeito. Um acontecimento é resultado de inúmeras sobreposições de várias possibilidades. Você trabalhar aqui como garçonete e manifestar sua opinião também são uma possibilidade.

— Mas...

— Em vez de continuar se preocupando, é melhor tentar uma vez. O que tiver de acontecer, acontecerá de qualquer jeito.

*O que tiver de acontecer, acontecerá.*

Estas foram palavras que, estranhamente, trouxeram-lhe alívio. Coelha da Lua se sentiu um pouco agradecida por ele ter ouvido atentamente a sua opinião.

Sentiu o coração ficando tão quentinho quanto a sopa em sua boca. Ela estava a ponto de concordar alegremente com a cabeça, quando...

*Tri-lim!*

O som do sino de vento pendurado à porta da loja invadiu o ambiente junto do ar frio. Em frente à loja, estava um senhor de idade que vestia um casaco espesso.

— Ora, o dia ficou bastante frio.

O pó de neve, branco como o cabelo do senhor, caiu e se desgarrou de seus pés com as leves pancadas que o homem dava para se desempoeirar. Lá fora, parecia estar nevando bastante. Tendo encontrado o cliente, Coelha da Lua foi até ele rapidamente com o cardápio em mãos.

— Como você disse, esse lugar aqui realmente não mudou nada.

Os cantos da boca do senhor, que fitava Coelha da Lua, seguiram os profundos vincos rachados em seu rosto e subiram. Observando a loja por dentro, o senhor dava passos lentos em direção ao espaço à frente do bartender, parecendo completamente absorto em recordações. Como o comportamento do cliente parecia indicar que conhecia a natureza desse lugar, Coelha da Lua foi rápida em apontar para seu crachá e perguntar:

— Será que o senhor poderia ler o que está escrito aqui?

Após dar uma olhada em seu crachá, o senhor de idade abriu um sorriso cheio de dentes e mirou Coelha da Lua. Então, ofereceu sua mão e a cumprimentou.

— Prazer em conhecê-la, senhorita Bo-reum.

— Ah, prazer.

Desconcertada pela cortesia imposta inesperadamente, Coelha da Lua deu sua mão ao senhor mais velho. E então se surpreendeu tardiamente com o fato de que o homem sabia seu nome. O senhor tinha lido "Bo-reum" no crachá onde estava escrito "Coelha da Lua".

*Vamos nos acalmar... Fique calma.*

Na sua cabeça, soava a sirene de alerta vermelho.

*UII-ÓN, UII-ÓN!*

Preocupada que talvez o cliente tivesse vindo para flagrá-los fazendo vendas ilegais, começou a suar frio.

— O senhor já veio aqui antes, certo?

Moon perguntou enquanto olhava para o senhor com um sorriso contido. Foi somente então que Coelha da Lua também conseguiu sentir um pouco de alívio. O senhor riu de maneira despreocupada, com um "ho-ho" breve, e depois balançou a cabeça lentamente, como se não conseguisse acreditar.

— Sim! Tenho certeza que sim. Digo, se minha memória não estiver me falhando...

O senhor gargalhou como uma criança pela primeira vez em muito tempo. A última ocasião em que visitara aquele local havia sido cerca de cinquenta anos. Suas lembranças antigas podiam se despedaçar e ressecar facilmente como as folhas completamente secas de outono, mas o encanto em meio a essas memórias ainda permanecia nítido no coração do idoso.

— Ouvi falar que o senhor sempre contemplava a Lua. Ultimamente também tem olhado para cima?

— Está brincando? Olhava para ela toda vez que pensava nesse lugar. Quase todos os dias...

O senhor assentia com a cabeça, como se fosse óbvio, e então ficou com os olhos tristes, parecendo se lembrar de algo. Abanando a mão em sinal de negativo, abriu a boca para falar com cuidado:

— Não, não. Acho que faz por volta de um ano que não olho para ela. Porque pensei que desejaria bobagens...

Como se entendesse o que o senhor queria dizer, Moon concordou com a cabeça ao invés de dizer alguma coisa. Retirou o cardápio deixado sobre a mesa e lhe ofereceu uma taça de champanhe comprida e de bojo pequeno. A espuma subia, borbulhando, em meio à bebida rubra contida na taça de vidro transparente.

— Senhor gerente! Nós decidimos não vender mais para pessoas que sabem que lugar é esse, lembra?

Surpresa, Coelha da Lua sussurrou em voz baixa e deu uma cotovelada nas costelas de Moon. Entretanto, Moon não parecia estar pensando em recolher o champanhe oferecido ao senhor de idade. Quando Coelha da Lua o encarou, o chefe deu de ombros, com a feição tranquila.

— Essa é uma exceção. A relação de causa e efeito precisa ser estabelecida, então não há o que fazer.

— Causa e efeito? Que tipo de bebida é essa?

— Uma bebida que faz você encontrar o seu eu de cinquenta anos atrás. Há cinquenta anos, esse cliente tomou a bebida que faz você encontrar o seu eu de cinquenta anos no futuro. A data exata não é cinquenta anos, mas aproximadamente isso.

Só de ouvir, já parecia algo perigoso. Embora não conhecesse bem a Lei Espacial, qualquer um sabia que o artigo relacionado ao "tempo" era tratado com a devida delicadeza e importância.

— E por que raios o senhor foi fazer uma bebida como essa?!

A comoção que sentira há pouco se esvaiu sem deixar nada para trás. A frase "O que tiver de acontecer, acontecerá" também já não soava tão bem aos seus ouvidos. Porque, não importa o quanto pensasse, parecia que o final não acabaria nada bem. Toda a cabeça de Coelha da Lua foi preenchida com as cenas em que se imaginava aguardando sua punição após ir a julgamento no Tribunal Espacial.

— Porque na época eu tinha exatamente todos os ingredientes certos para fazer e, depois que a bebida ficou pronta, o cliente chegou aqui com o *timing* perfeito. Há cinquenta anos, nem medo eu tinha, né? Porque, o que quer que fosse, meu primeiro passo era tentar fazer.

Moon disse tais palavras cheias de significado, como se relembrasse com diversão sua juventude, de uma forma que se podia notar sua habilidade em não ter sido detido até aquele momento.

— Err…

Enquanto Coelha da Lua se preocupava com o que rebater primeiro, o senhor idoso olhou a taça de champanhe e abriu a boca para falar. Seus olhos refletiam os tempos passados.

— Na outra vez eu também bebi algo parecido. Estou relembrando memórias antigas...

— Desejo que o senhor se divirta.

Como se estivesse enfeitiçado pelos gases que estouravam aos montes, o senhor olhou para dentro da taça em silêncio por um longo tempo. Seus ombros subiram e desceram algumas vezes, mas raramente sua mão conseguiu avançar.

Quantas vezes hesitou assim? O dedo do senhor, que antes apenas pairava, finalmente encostou na taça de vidro transparente e, com o som de um tinido, o silêncio foi interrompido.

— Faz muito tempo que não bebo. É que minha esposa estava sempre preocupada com a minha saúde. As broncas dela eram consideravelmente eficazes na minha cabeça embriagada.

Assim que se aproximou da taça, o aroma adocicado provocou cócegas na raiz de seu nariz. *Gulp!* – a sensação que subiu em sua língua e desceu pela garganta parecia lembrá-lo dos velhos dias de sua juventude. O senhor entornou o copo de uma vez, como nos velhos tempos.

— Uuf!

Um ar quente irradiava junto com o sopro que expirou. Será que era por já estar velho demais? Ou então seria porque a bebida era especialmente forte? Apesar de ter tomado apenas um copo, precisou se esforçar para controlar sua cabeça entontecida.

Quando a sensação de perda de equilíbrio, semelhante à de uma anemia, passou, os sons ao redor começaram a fluir. Assim que ergueu a cabeça, viu uma porta nova que surgira, parecida com aquela no muro da loja. Era totalmente pintada de um azul vívido. O idoso dirigiu os pés naquela direção lentamente.

— Está quentinho.

O senhor girou a maçaneta e entrou no cômodo sem mais nem menos. O calor que envolvia seu corpo nem lhe permitia lembrar que era inverno, e uma cadeira que parecia ainda mais aconchegante estava diante de seus olhos.

A cadeira era uma de duas colocadas em cada lado oposto de uma mesa redonda. Ele expeliu o hálito quente e desviou o olhar para a porta amarela localizada no lado oposto. Não precisou esperar muito.

— Brr, que frio!

De repente, a porta do outro lado se abriu, e a pessoa que surgiu dela foi um jovem rapaz. Vestindo um terno de verão, ele encolhia o corpo com o frio repentino.

— Você...

Enquanto o jovem, ao ver o idoso, recuou de susto, o senhor o observou com as feições relaxadas.

— Por que você não se senta primeiro?

As palavras do idoso fizeram os olhos arregalados do jovem estremecerem. Enquanto cuidadosamente puxava a cadeira para se sentar, não desviava o olhar do senhor. Sua atitude cheia de cautela lembrou o senhor de um ouriço, e o idoso abriu um sorriso amargo.

— Você é realmente o meu eu do...

— Sim. Sou você no futuro...

*Gulp!*

O jovem prendeu a respiração. Os olhos, que pareciam observar o idoso de cima a baixo, tinham a mesma cor dos olhos do senhor mais velho. Ele olhou para o senhor e, com cuidado, tocou no próprio rosto, como se procurasse as rugas que ainda não possuía.

Na mesa entre eles, com uma cadeira em cada extremidade, não havia nenhuma parede. No entanto, o jovem e o idoso, que se observavam, eram tão semelhantes que parecia existir um espelho bem no centro.

— Caramba, envelheci bastante.

Ao mesmo tempo que se pareciam, ao olhar com mais atenção, era possível perceber várias diferenças. A cor do cabelo, o número de rugas, a vitalidade nos olhos... Até mesmo os lábios. Os dois eram tão parecidos quanto diferentes.

— Verdade. O que você gostaria de saber?

Assim como uma gota d'água que cai no repetidamente no mesmo lugar e abre um buraco profundo, ou uma rocha enorme sendo lapidada pelo vento com o passar do tempo, o longo período tinha poder suficiente para enferrujar e desgastar as memórias antigas do idoso.

Há cinquenta anos, o idoso não se lembrava bem do que havia conversado com seu eu do futuro. Restavam apenas alguns vislumbres daquela ambiência. Por isso, bastava perguntar o que desejasse saber sobre seu eu do passado e responder conforme quisesse, assim como da última vez.

*Será que é real?*

O jovem perscrutou o rosto do senhor repetidas vezes. Por mais parecidos que fossem, o fenômeno curioso que se desdobrava à sua frente não tinha qualquer senso de realidade.

*Será que estou sonhando?*

Hoje, o humor do jovem não estava nada bom, porque sua candidatura a uma companhia teatral havia sido reprovada. Por causa dos seus sonhos que ruíam sucessivamente, apenas desejara tomar uma dose. Como tudo que tinha no seu bolso não passava de algumas cédulas de dinheiro, levou seus pés a um bar velho que parecia prestes a entrar em falência. Também se sentira atraído pela semelhança do pequeno bar com ele mesmo, que não conseguia fazer nada dar certo.

— Como o senhor é nosso primeiro cliente, será por conta da casa.

Assim que adentrara o bar, foi cumprimentado alegremente pela garçonete, que lhe serviu um copo. Até ficou em dúvida se não haveria outras intenções por trás disso, mas o sorriso radiante dela fez sua cautela se esvair como um milagre.

Quando viu as orelhas compridas como as de um coelho em sua cabeça, levou um susto. Mas ela tinha um dom excepcional para a fala, capaz de fazer as pessoas abrirem seus corações, e ele acabou expondo toda a ansiedade que sentia.

— Estou muito preocupado com o que vai acontecer no meu futuro...

Quando começou a se autodepreciar por estar bêbado, ela disse algo absurdo como se não fosse nada de mais.

— Que tal encontrar o seu eu do futuro pessoalmente?

Por ter pensado que ela fizera um gracejo, o rapaz não segurou as gargalhadas. Mas ela ainda mantinha a feição séria enquanto lhe oferecia uma bebida, dizendo que poderia encontrar o seu eu do futuro se a bebesse.

— Deve ser muito legal.

Apenas respondera assim, sem nenhum interesse em especial. Simplesmente concordou com a cabeça e esvaziou o copo, querendo se esquecer da realidade.

E agora, como a garçonete havia dito, o jovem estava diante de seu eu do futuro.

— O senhor poderia me dizer em que ano está?

— Para você, seria por volta de cinquenta anos no futuro.

Cinquenta anos. Era um pouco menos que o dobro do tempo que o jovem já vivera até aquele momento. Com o rosto avermelhado por causa da bebida, remexia os lábios inúmeras vezes, mas agora que seu eu do futuro estava realmente bem à sua frente, não sabia por qual pergunta começar.

— Eu acabo entrando numa companhia de teatro? Não, eu fico famoso? Ou se nem for isso, eu acabo trabalhando com outra coisa? Com o quê? Não tenho nenhuma doença?

O jovem tagarelou perguntas sobre tudo o que tinha curiosidade e, graças a isso, as palavras desorganizadas se espalharam incoerentemente.

— Tem alguma coisa que eu não deveria fazer? Ou algo com o qual eu deveria tomar cuidado? Poderia me dizer os números da loteria?

O senhor observou em silêncio o jovem, que se empenhava em falar. Como uma gota de água sendo jogada em óleo fervente, ele sentia tanto saudades quanto invejava a jovialidade do rapaz, que era capaz de elevar os espíritos instantaneamente.

*Eu também já tive essa cara.*

O rosto de sua juventude parecia um pouco estranho ao idoso. Ele, que treinava expressões diversas diante do espelho para aprimorar sua atuação, demonstrava, na verdade, desinteresse pelas expressões que exibia no dia a dia. Agora, achava que finalmente entendia um pouco a razão pela qual fora rejeitado sucessivamente por companhias de teatro.

— E você tem algum número da loteria memorizado? Estou falando de números sorteados que você saiba exatamente até de que ano são...

A expressão do jovem que ouvia a resposta do idoso se fechou. Porque era impossível ter memorizado o número de uma loteria passada. Vendo que o idoso também pensava a mesma coisa, o jovem tentou não deixar transparecer, mas a decepção estava óbvia em seu rosto.

— As coisas que ganhamos sem qualquer esforço são tão doces, né? Mas não há nada que se acabe tão futilmente quanto isso. Muito menos coisas de valor considerável.

O idoso também respondeu às outras perguntas.

— Quando você chegar na minha idade, não importa o trabalho que faça, vai acabar se aposentando. Doença? Com essa idade, é impossível não ter nenhuma. Algo que você não deva fazer? Faça o possível para não fazer aquilo que o médico diz para não fazer. Álcool, cigarro e coisas do tipo... E seria ainda melhor se fizesse exercícios adequados regularmente.

Eram apenas ideias antigas, sem nenhuma novidade sequer. Seus olhos se moviam languidamente, parecendo que ele não dera as respostas que o jovem queria de propósito, o que acabou o irritando. O jovem tentou pensar minuciosamente em qual pergunta poderia fazer para que o idoso não conseguisse enrolar na hora de responder.

— Peço desculpas, mas estou planejando em lhe falar o mínimo possível.

Mas quem começou a falar primeiro foi o homem de mais idade. Quase como se tivesse lido a mente do jovem. O jovem não conseguia entender.

— Mas por quê?

— Porque gostaria que o seu futuro não mudasse.

*Será que ele acabou ficando bem-sucedido?*

As palavras do idoso deixaram o jovem um pouco confuso. Por mais que as coisas tenham se resolvido bem, não fazia sentido não haver nada que ele gostaria de mudar no passado.

— Então você não se arrepende de nada?

*Tsc, tsc...*

Com o esboço de um pequeno sorriso no rosto, o idoso meneou a cabeça lentamente.

— Como se isso fosse possível. Dos pequenos deslizes às piores decisões, pensando bem, tenho até demais. Desde quando a vida acontece como planejado?

— Mas, então, por que...

Com os lábios cerrados por um momento, o homem mais velho ajustou o anel na mão esquerda. Para se lembrar das decisões que tomara na época de sua juventude, precisou buscar com mais afinco em sua memória. Tinha se fragilizado e desbotado com o passar dos anos, mas, felizmente, ainda havia algo que permanecia no coração do idoso.

— Por que motivo você se demitiu da fábrica de tecidos?

O jovem trabalhava administrativamente em uma fábrica têxtil de grande porte, e sua honestidade era o suficiente para receber o reconhecimento de outras pessoas. O salário também não era nada mal. Mesmo quando decidiu se demitir do trabalho, as pessoas ao seu redor tentaram dissuadi-lo.

— Como assim? Você vai largar um trabalho perfeito para ir para uma companhia teatral?

Todos disparavam conselhos e palavras pessimistas, mas, no fim das contas, o jovem não se dobrou às vontades deles.

— Porque eu queria me desafiar.

Uma vez disseram que era a bravata criada pelo jovem espírito ambicioso. O rapaz também não poderia negar totalmente isso, mas a paixão que o infestava por dentro era quente demais para reprimir.

— Você não conseguiu prever que não daria certo, assim como agora?

Inúmeros informes de reprovação... Nas primeiras vezes, ele conseguiu suportar e seguir adiante. Pelo contrário, cerrava os dentes com a intenção de se empenhar ainda mais. Mas as rejeições contínuas foram o suficiente para fazê-lo se sentir insignificante. Deixavam o jovem ainda mais impaciente e faziam sua determinação, antes firme e sólida, desmoronar.

— Consegui, sim.

O jovem tentou se lembrar de quando o seu peito ardia em chamas. Comparado ao idoso, não era um passado tão distante, então não era uma tarefa difícil. Naturalmente, era certo que essa paixão ainda estava dentro dele.

— Inúmeras pessoas me disseram que eu iria fracassar. Também imaginei como seria se as coisas não dessem certo...

— Por que fez algo tão imprudente, mesmo ciente dessa possibilidade? Não ficou com medo?

Naquele momento, quem mais perguntou "Essa é realmente a escolha certa?" do que o próprio jovem? Indagou diversas vezes e obteve respostas a cada uma delas.

— Mesmo se eu soubesse que fracassaria, ainda assim teria feito a mesma escolha. Porque, mesmo se fracassasse, eu queria passar por essa experiência pessoalmente. Claro que tive medo... Mas não queria recuar.

O idoso olhou nos olhos do jovem. O mais velho parecia ter reacendido a pequena brasa que ele havia esquecido, e os olhos do jovem brilhavam incandescentes como lenha seca pegando fogo.

— Enfrentar coisas que você não conhece bem é assustador. Mas, se ficar com medo e fechar os olhos, o medo vai apenas continuar existindo. Então eu me desafiei. Porque queria enfrentar tudo com os olhos bem abertos. Todas as minhas possibilidades...

Mesmo depois de terminar de falar, o hálito do jovem ainda estava quente, como se contaminado pelo álcool. Após muito tempo apenas observando em silêncio, o senhor mexeu os lábios.

— Caramba, tenho grande estima pelo meu eu da juventude. Não, já está no nível de respeito. Respeito você que, mesmo se deparando com um caminho sombrio e incerto à frente, marcha adiante com passos firmes, seguindo segundo sua vontade.

O idoso retirou cuidadosamente o anel que usava no dedo.

— No fim das contas, estou repleto das coisas com as quais você me preencheu. Se for atrás de dinheiro, você terá dinheiro; se fizer amizade com pessoas poderosas, ficará repleto de poder. Mesmo que não escute diretamente minhas respostas, conseguirá encontrá-las dentro de si mesmo.

*Tec!*

Ofereceu o anel que colocara sobre a mesa ao jovem.

— Conforme você for vivendo, não há problema em descansar. Mas, lamentavelmente, não há como retroceder na vida. Não existem escolhas sem arrependimentos, mas espero que faça as escolhas que mais combinem com você, na medida do possível.

O idoso não conseguia soltar facilmente o anel, como se ainda tivesse algum apego ao objeto. Suspirou fundo e, enfim, retirou a mão do anel, como se finalizasse o que tinha de fazer.

— Vou encerrar por aqui. Você quer dar esse anel para a garçonete? Se disser que é o pagamento pela bebida, ela vai entender.

Empurrando a cadeira, o senhor se levantou e ajustou o aspecto de suas roupas. Vendo isso, o jovem abriu a boca apressado.

— Posso fazer só mais uma pergunta?

— O que foi?

— Existe algum jeito bom de abrir mão do que temos?

— Ah, parece um jovem senhor perguntando...

Todo humano morre. Portanto, se na vida há altos, há também baixos. Se o jovem tivesse muita cobiça material, nunca teria se demitido do trabalho para ir atrás de seus sonhos.

Ele era o tipo de pessoa que se preocupava com questões como: "O que fazer para não se arrepender antes de morrer?" E, por isso, tinha grande interesse no que acabaria adquirindo no futuro, tanto quanto no que precisaria abrir mão.

O jovem de agora tinha mais dificuldade em desistir, mas, com o tempo, chegaria o momento em que não desistir seria mais difícil. Então, ele pensava que o homem mais velho seria muito melhor do que ele em abrir mão das coisas.

— Isso ainda é difícil até para mim. Deve ser a minha tarefa de vida.

Apesar de não ser uma resposta revigorante, o jovem assentiu com a cabeça. E então falou, como se dissesse adeus ao idoso, que se dirigia à porta azul.

— Espero que as coisas nas quais você estiver concentrando seus esforços se resolvam bem!

O idoso nunca havia dito ao jovem que estava se dedicando a algo no momento. Na verdade, não estava se empenhando em nada, pois estava extremamente deprimido nos últimos dias. Virou a cabeça para trás, sem entender, e o jovem acrescentou umas últimas palavras, sorrindo.

— Mas você não disse que está repleto das coisas com as quais eu te preenchi? Você ainda parece jovem demais para abrir mão de tudo.

Será que era uma piada? De repente, lembrou-se com dificuldade da imagem do senhor idoso que restava no fundo de sua memória. Do seu eu do futuro, visto há cinquenta anos. Não era um velhinho incapaz de fazer nada. Esse fato foi um pouco impactante para o idoso.

Sentiu como se tivesse visto uma pequena luz em meio à lenha completamente carbonizada. Pensou que dentro de si também talvez restasse um calor semelhante ao que o jovem tinha. O idoso olhou para seu eu jovem e disse:

— Você fez um bom trabalho até agora. E vai continuar fazendo no futuro.

Com a mão na maçaneta da porta azul, o idoso pareceu lembrar de algo e, enquanto se dirigia porta adentro, lançou suas últimas palavras.

— Quando houver uma oportunidade de aprender como fazer um espaguete cremoso, memorize a receita.

*Tac!*

E assim se fechou a porta azul. Dentro da loja à qual retornara mais uma vez, Bo-reum estava propositalmente de braços cruzados, olhando para Moon enquanto disparava reprimendas. Sua voz, bem zangada, falava sobre o tempo ou a Lei Espacial, mas, ao se virar para o idoso que voltava, seu rosto assumiu uma expressão relaxada.

— O que achou?

Sorrindo quase imperceptivelmente, Moon cumprimentou o idoso, contente. Ao contrário de Coelha da Lua, ele ainda tinha o mesmo rosto tranquilo de antes.

— Fiquei em apuros, porque o tempo todo subiam à minha garganta coisas que eu não podia dizer.

As histórias que ele quisera contar tantas vezes... Todas sobre a sua parceira. Hoje, completava exatamente um ano desde que sua esposa falecera.

Foi um acidente de trânsito. Ele queria dizer ao seu eu mais jovem que, no futuro, ele acabaria encontrando uma mulher muito sábia e sensata, se casaria com ela e até teria filhos. E que, 49 anos depois, quando ela dissesse que iria ao mercado, ele não a deixasse pegar o ônibus de jeito nenhum. Não, que fizesse questão de levá-la.

Mas o idoso não conseguiu fazer isso. Sentia que todas as memórias preciosas que havia criado com ela poderiam desaparecer devido à sua ganância. O que o havia permitido conhecê-la fora o simples acaso.

Tal como nos K-dramas, várias coincidências se sobrepuseram até que acabaram esbarrando na pessoa certa. E foi por isso que o idoso não contou ao jovem sobre ela. Qualquer mero deslize em sua fala poderia emaranhar o fio do acaso.

É lindo e belo por durar pouco, não acha?

Ela dissera isso olhando para uma flor no campo, enquanto discutiam a crueldade do tempo.

*Isso também vale para as nossas boas memórias. Então, eu não tenho vontade de voltar para o passado.*

Um dia, quando contou a ela que conversara com seu eu do futuro graças a um mágico, ela teve a mesma reação. Sua sabedoria sempre o impressionava. Por isso, desta vez, agiu como ela faria, e não como sua ganância desejava.

— Se comparado a ela, ainda nem chego aos seus pés.

Continuava nevando lá fora. Moon lhe serviu uma bebida quente, e o idoso sentiu o calor ao tocar o copo com sua mão gelada. No dedo anelar da mão esquerda, havia um rastro nítido deixado pelo anel.

— Eu pensei que seria uma situação na qual eu deveria estar dando conselhos. Mas, depois de nos encontrarmos, vi que fui eu que mais ficou afetado.

Depois que ela partiu, o idoso apenas passou o tempo em inércia, sem qualquer ânimo. Perder a esposa que amparava sua vida tinha sido uma tristeza demasiadamente implacável, mais do que podia suportar. Se possível, queria se juntar a ela o quanto antes.

— Eu me enganei em pensar que estava velho demais para buscar um novo desafio, e que agora era a hora de colocar a vida em ordem. Era como se eu tivesse medo de subir, temendo descer; um pensamento tolo. Preciso tentar de novo, o que quer que seja. Para honrar minha esposa.

O idoso tinha sido uma pessoa muito ousada em sua juventude. Graças a isso, conheceu uma bela mulher, e ela se apaixonou por sua força propulsora.

Agora, ao voltar do encontro com os olhos brilhantes pelos quais ela se apaixonara, um calor parecia queimar de dentro dele, com o *crepitar* de uma fogueira.

— A caminho daqui, vi um anúncio que chamou minha atenção. Anunciava o recrutamento de membros para um clube de teatro, e não havia restrição de idade. Acho que devo me candidatar...

Graças à bebida quente, o frio diminuiu um pouco. Depois de se organizar para sair, voltou a pegar na maçaneta da porta para colocar os pés na estrada de novo. E, então, olhou para Coelha da Lua, esboçando um sorriso.

— Você estava certa. Realmente me ajudou muito. Obrigado.

— Oi? Ah, sim.

Bo-reum respondeu com surpresa. Estranhava o agradecimento ter sido dirigido a ela e não a Moon, mas Coelha da Lua sorriu em resposta.

— Então, fico por aqui.

Assim que abriu a porta e saiu, uma cena passou pela mente do idoso de repente. Em sua memória nebulosa, a aparência de Coelha da Lua estava consideravelmente diferente da atual.

— Ah! Vejo que mudou o corte de cabelo. Antes...

Quando virou para trás, não viu mais a porta da loja. Tinha dado apenas alguns passos, mas já não conseguia mais ouvir o som do sino ou ver a cor vibrante da porta.

Igual a cinquenta anos atrás. Tudo desaparecera milagrosamente. Por mais que contasse aos seus conhecidos naquela época, eles sempre pensavam que estava brincando. Ao relembrar esses momentos, o idoso esboçou um pequeno sorriso.

Dessa vez também não havia vestígio algum do barulho do sino, mas aquele som permanecia profundamente dentro dele, reverberando.

*Vamos lá.*

A neve não parava de cair, mas ele caminhava adiante, a passos largos, assim como fizera na vinda.

— Ugh.

Quando o jovem acordou, estava deitado de bruços sobre a mesa. Estava certo de que havia pegado o anel e aberto a porta amarela, mas, devido ao seu estado mental aturdido, pensou que tudo não passara de um sonho.

— O que achou?

O rosto extremamente próximo do seu fez o jovem dar um pulo e se levantar com o susto. Ele ainda estava dentro do bar, e a mulher com orelhas de coelho, que lhe entregara a bebida, estava bem à sua frente. A mulher de cabelos curtos escrevia sem parar em seu caderninho.

— Espaguete...?

As últimas palavras do idoso estavam na ponta de sua língua. Mas, como não poderia saber que isso era a comida favorita da mulher que conheceria depois, o jovem esqueceu imediatamente.

Recobrando a consciência aos poucos, o jovem precisou ser interrogado pela mulher de olhos brilhantes.

— O que achou? Do seu eu do futuro?

— O quê? Ah, parecia ter uma vida melhor do que eu pensei.

O jovem respondeu após examinar como se sentia depois da experiência. Imaginou que devia ter sonhado aquilo depois de adormecer enquanto ouvia as coisas absurdas que ela dizia.

— Me sinto revigorado.

Sentir-se revigorado depois de beber era algo inacreditável. As emoções misturadas à autodepreciação que o atormentavam por dentro haviam desaparecido completamente. No lugar delas, a paixão que primeiro lhe dera a determinação para decidir se demitir da fábrica estava brotando de novo. Até mesmo a chuva forte que caía quando entrou na loja havia parado.

— Hum?

Teve a sensação incompreensível de que algum objeto estranho estava enrolado em seu dedo. Olhando bem, percebeu que era o anel visto no sonho. O desenho era bem peculiar.

O padrão específico deixou uma forte impressão no jovem, tornando-se a razão pela qual escolheu um anel semelhante mais tarde, quando fosse pedir alguém em casamento.

— Ah! Então o senhor vai pagar com isso...

Com um sorriso sem graça, Coelha da Lua prontamente agarrou o anel. Com a sensação de que havia sido roubado, o jovem não estava nada contente, mas, como estimou que o objeto devia ter o mesmo valor do que gastara em bebidas, assentiu com a cabeça. Para começo de conversa, nem era algo dele, então considerou uma proposta vantajosa.

— O senhor tem realmente muita sorte. Imagino que mais tarde deva me agradecer com certeza, certo?

Coelha da Lua tagarelava animada, mas essa animação não impressionou o jovem nem o fez concordar. Fazendo um aceno apropriado com a cabeça, preparou-se para voltar.

— Tchau.

Quando o jovem girou a maçaneta, uma pessoa entrou na loja ao mesmo tempo. Era um homem de cabelo esverdeado. Como ele estava com a cara bem fechada, o jovem evitou fazer contato visual e passou direto por ele.

— O senhor chegou?

— Você, isso...

Coelha da Lua abriu um sorriso radiante assim que olhou para o homem. Ele, pelo contrário, ficara com os olhos ainda mais aterrorizantes desde que entrara na loja.

Parecia estar conferindo o conteúdo da bebida colocada sobre a mesa. Sua voz era tão incisiva que podia ser ouvida até com a porta fechada.

— Já não disse que se desviar da linha do tempo é ilegal? Não tem como saber que outras consequências isso pode causar!

— Ah, está tudo bem! Não tem problema. Porque eu vi...

— Como você vai ver o que acontece no futuro!?

O grito violento fez o jovem sentir que havia feito algo de errado, então apressou os passos na direção contrária.

# 8

# Da Lua à Lua Cheia

Entre as estantes perfeitamente alinhadas, como se tivessem sido medidas com régua, dava para ouvir a respiração suave das histórias adormecidas. Caminhar por aquela biblioteca, que exalava um perfume sutil, era quase como andar por uma floresta.

— É por aqui.

Moon, com uma expressão tranquila, caminhava sem pressa. Embora fosse difícil distinguir as estantes sem alguma classificação, ele, que era o responsável por aquele lugar, não se perderia nem mesmo com os olhos fechados.

— Não dá para ir mais rápido? E se formos pegos?

Ao contrário de Moon, Coelha da Lua não parecia nada tranquila. Estremeceu ao se lembrar do alarme disparando por toda parte na última vez em que estivera ali. As luzes vermelha e azul que vira em seu sonho pareciam prestes a surgir a qualquer momento.

— É que estou procurando um livro específico.

A atitude descontraída de Moon não era diferente da de alguém escolhendo um livro numa livraria comum. No entanto, naquele momento, eles estavam mais próximos de ladrões do que de clientes, e Coelha da Lua queria sair dali o mais rápido possível.

— Afinal, quem é que escreveu esses livros?

Dizem que os livros, às vezes, são como portas para outros mundos. Eles nos permitem experimentar, ainda que indiretamente, vidas que nunca vivemos e nos fazem sonhar com novos lugares através da pura e doce imaginação. Nesse sentido, os livros daquela biblioteca não eram tão diferentes de outros, mas havia, sim, uma diferença clara: os livros dali não eram metáforas. Eles estavam, de fato, ligados à vida real de outras pessoas.

— As pessoas escrevem.

— Que pessoas?

— Todas.

As estantes se estendiam infinitamente, cada uma delas repleta de livros. Bo-reum franziu a testa enquanto corria o olhar por inúmeros títulos. Moon, vendo a cena, deu um leve sorriso.

— Tem o seu livro também.

— Meu livro? Como você sabe disso?

— Eu vi.

Por um instante, Bo-reum ficou surpresa, mas logo encarou Moon com um olhar desconfiado. Ele sorria enquanto folheava os livros. Não era fácil ler seus pensamentos.

— Você leu até o final?

— Sim, li.

— Sério? E como acaba?

Moon não parecia estar brincando, e a Coelha da Lua sentiu seu coração bater mais rápido. Como seria o seu próprio fim? Será que, assim como a fada que queria ser protetora das estrelas, o coelho forte superaria todas as adversidades e realizaria seu sonho de se tornar um estilista de estrelas?

— Está curiosa?

Moon parou e olhou nos olhos dela. O desejo de ouvir a resposta e o impulso de tapar os ouvidos e sair correndo invadiram a Coelha da Lua. Era como se seu destino fosse ser decidido pelos lábios dele, e, embora não quisesse ouvir, também queria. Ela assentiu cautelosamente.

— Sim, me diga.

Então, Moon abriu os lábios devagar.

— Não vou te contar. Você também não me contou.

— O quê? Como assim?

Que coisa mais aleatória... Coelha da Lua ficou sem entender. Ela insistiu para que Moon explicasse, mas ele continuou seguindo em frente, de boca fechada. Aquele comportamento, tão diferente do brincalhão de sempre, deixou Coelha da Lua desconfiada.

— É mentira, não é? Eu nunca escrevi um livro, e, mesmo que tivesse, não poderia escrever sobre o futuro.

Moon ficou em silêncio por um tempo. Então disse, como quem responde apenas por responder, com um tom levemente amargo:

— É, é mentira. Eu não sei. Não sei quem escreveu, de onde veio, nem por que esses livros existem.

Foi uma resposta inesperada. Era estranho que ele, que tinha uma habilidade mágica para criar qualquer coisa, não soubesse nada sobre os livros – o principal ingrediente de suas bebidas.

— Eles simplesmente surgem, e eu cuido deles. Na verdade, eu não sei bem como tudo isso funciona; eu só armazeno os livros aqui. Os do Céu acreditam que não devemos interferir no conteúdo dos livros.

*Os do Céu.* Coelha da Lua ainda não sabia a localização exata do "Céu" de onde aqueles seres vinham. A Terra, para a qual olhava frequentemente enquanto vigiava a Lua, era linda: mares azuis, árvores verdes e pessoas caminhando. Mas o céu visto da Terra não era visível do espaço. Na atmosfera, havia apenas nuvens, fofas como algodão doce. Não dava para enxergar as enormes bibliotecas repletas de livros, nem os coelhos que produziam lágrimas, tampouco os cachorros que fabricavam covinhas. Coelha da Lua só podia visitar o céu quando passava pela porta criada por Moon.

— Você também é do céu, não é?

Moon assentiu. Ele já era um grande mistério, e quanto mais tempo ela passava com ele, mais dúvidas tinha.

Como sempre, Coelha da Lua estava quase desistindo de entender, quando, de repente, um livro chamou a sua atenção.

— A partir daqui os livros são mais agressivos, então tome cuidado.

— Agressivos?

— Se tocar em um livro sem querer, pode acabar sendo forçada a lê-lo.

Antes que Moon terminasse de alertar, Bo-reum tocou o livro que chamara sua atenção. De repente, mãos escuras se levantaram de sua sombra.

As mãos rapidamente cobriram sua boca e a puxaram para baixo. Ela tentou se desvencilhar, contraindo os músculos de seus braços, mas, quanto mais força fazia, mais as mãos da sombra cresciam.

— Mmm! Mmm!

Bo-reum tentou gritar, mas as mãos cobrindo sua boca impediam que qualquer som saísse. Sem perceber o que acontecia atrás de si, Moon continuou caminhando, se afastando.

Coelha da Lua, desesperada, começou a olhar em volta, parecendo buscar ajuda, mas o livro que ela havia tocado se abriu à sua frente como uma fera, pronta para atacar.

— Mmm!

Uma luz forte saía do livro, e as sombras cobriram Coelha da Lua por completo.

*Clap!*

Sem que pudesse impedir, o livro se fechou. A luz desapareceu, e o livro, sem a vida de antes, caiu no chão. Na capa, em letras grandes, estava escrito: *Da Lua à Lua Cheia.*

*Da Lua à Lua Cheia* começava assim: um mundo próximo, mas um pouco distante. No lugar que chamavam de céu, existia uma biblioteca. E havia também um administrador encarregado de protegê-la.

— Condecoramos você, administrador da Biblioteca nº 527, por sua grande contribuição à ordem celeste.

Livros começaram a aparecer no céu – ninguém sabia de onde vinham, nem quem os escrevia. Eram tantos por dia que nem dava para contar, e, com isso, as bibliotecas se multiplicaram. Era natural que o número de administradores também aumentasse. Eles se reuniam ocasionalmente para compartilhar informações ou premiar os que se destacavam.

— Parabéns.

Numa dessas reuniões, um dos administradores subiu ao palco para receber o prêmio em nome dos demais. Ele era um profissional excelente e se destacava na proteção dos livros. Aplausos irromperam, em uma mistura de admiração, inveja, parabenização e rivalidade.

Entre tantas emoções, só ele permanecia inexpressivo. Sob os cabelos verde-escuro, revelava-se um olhar afiado.

Era Moon.

— Faz tempo que não nos vemos. Que tal uma festinha?

Quando a cerimônia acabou, o primeiro a se aproximar foi o administrador da Biblioteca nº 500, de forma bastante amigável. Embora fosse mais velho, seu rosto irradiava mais vitalidade que o de Moon.

— Desculpe. É que preciso voltar ao trabalho.

— Ah, vai com calma, rapaz. Você tem um futuro promissor, não é? Ouvi dizer que vai ser promovido para uma biblioteca abaixo do nº 300. Isso é ótimo! Como está se sentindo?

— Só estou cumprindo o meu dever da melhor forma.

— Olha, estou nesse cargo há anos, mas nunca vi alguém pegar tantos ladrões quanto você.

— Obrigado.

Mesmo com a fala amigável do colega, Moon respondeu com a frieza de sempre. Ele estalou os dedos e uma porta se abriu à sua frente, revelando seu próximo destino. Com a honraria firmemente nas mãos, Moon deu um passo à frente.

— Tsc, tsc, tsc. Nunca vi um administrador tão fechado quanto você...

Mesmo diante daquele tom de reprovação, Moon continuou caminhando. Assim que passou pela porta, ela se fechou com um baque, e a maçaneta desapareceu como uma miragem.

À sua frente, estendia-se uma imensidão de estantes perfeitamente alinhadas, como se tivessem sido medidas com régua. Ele caminhou com passos pesados pelas árvores carregadas de livros, até se sentar na cadeira do administrador. Jogou a honraria de qualquer jeito em cima da mesa, repleta de pilhas de documentos.

— Ahhh!

Seus olhos, antes afiados, se fecharam com o peso do cansaço. Um suspiro escapou sem querer, e uma maré de angústia invadiu sua mente. Não havia trégua.

Taxa de roubo: 0%. Esse era o feito, nada menos que impressionante, alcançado por Moon desde que fora designado à Biblioteca nº 527. Mesmo com o aumento no número de bibliotecas e administradores, a quantidade de livros sob responsabilidade de cada um era esmagadoramente grande. Se não fosse por sua porta, que se abria para qualquer lugar que desejasse, aquilo tudo seria impossível.

— Estou cansado.

Ele se reclinou na cadeira, mas não se sentia nada confortável. Houve uma época em que sentia orgulho de si mesmo. Achava que era uma missão que só ele poderia cumprir. Onde foi parar aquela sensação de plenitude que um dia existira em seu coração? Certamente se perdeu nas lágrimas de tristeza daqueles que ele prendeu.

— Se você encontrar seu próprio livro e fizer alterações, poderá mudar o futuro e até o passado como quiser.

Era um boato antigo. Embora não houvesse provas, a possibilidade de ser verdade corroía o coração de muitos administradores.

No início, seu trabalho não o incomodava. Capturar pessoas que tocavam nos livros por egoísmo e ganância era simples – fazia parte do trabalho.

— Por favor. Por favor, eu imploro.

Tudo mudou com um jovem. Ele invadiu a biblioteca sem permissão, e Moon o imobilizou e chamou os agentes de segurança. O rapaz se prostrou no chão, suplicando:

— Eu fui um péssimo filho a minha vida toda. Pode me punir como quiser. Só me dê uma chance de pedir perdão à minha mãe, por favor.

Surpreendentemente, o jovem segurava o próprio livro em mãos.

*Como ele conseguiu encontrar o próprio livro nesse lugar imenso? E por que só depois da morte dos pais ele resolveu mudar? Será que, se for só uma conversa rápida, seria tão errado assim?*

Muitos pensamentos passaram pela sua mente, mas antes que pudesse chegar a alguma conclusão, os agentes já haviam levado o jovem. Claro, nenhuma chance foi dada a ele.

— Minha filha está doente... Eu aguento sofrer no lugar dela. Me ajude só dessa vez, por favor.

— Por que isso aconteceu comigo? Que culpa eu tenho?

— Eu só queria viver como todo mundo. Só isso...

Depois disso, outras pessoas começaram a procurar seus próprios livros, mas só havia uma coisa que Moon podia fazer: tampar os ouvidos para não ouvir os gritos de tristeza e fechar os olhos para não ver as lágrimas. Ele teve que sufocar qualquer emoção que pudesse nascer dentro de si, como mandava o protocolo.

*Se nunca tivessem existido...*

Se os livros nunca tivessem surgido, não haveria ninguém nutrindo esperanças vãs.

*Se há um deus que criou o mundo, será que ele não cometeu um erro dessa vez? Ou será que sente algum prazer peculiar em ver as pessoas se desesperando?*

A fadiga só atraía mais pensamentos extremos e negativos.

*Bi, bi, bi.*

Um botão vermelho piscou entre as pilhas de papéis sobre a mesa. Era um sinal de que um intruso havia entrado na biblioteca. Naquele dia ele já tinha sido arrastado para lá e para cá por causa do evento. Agora, ele só queria descansar e deixar a organização dos livros para depois, mas ele não tinha paz.

— Ahhh.

Um suspiro involuntário acabou escapando, mas foi abafado pelo som de clique da maçaneta girando. Ele ajeitou o semblante e atravessou a porta que levava até o local onde o intruso estava. Não era hora para ter pensamentos desnecessários, e sim para agir com convicção. Independentemente da expressão do intruso ou das palavras que dissesse, ele o imobilizaria, pegaria o livro de volta e chamaria os agentes de segurança.

*Se quem rouba os livros é um intruso, então os verdadeiros intrusos não são os administradores da biblioteca?*

Tentando ignorar os pensamentos que não conseguia reprimir, ele avançou.

— Por favor, apresente sua credencial de acesso à biblioteca. Em caso de acesso ilegal…

— Ah.

Enquanto repetia as palavras de costume, seus olhos encontraram os do intruso. Olhos arregalados de surpresa e lábios ligeiramente entreabertos. No entanto, ao contrário de outros intrusos, não havia sinais de medo ou insegurança, o que era bastante inesperado.

— Isso…

Mas essa não era a única diferença. Outros intrusos sempre furtavam alguns livros de forma discreta, mas não foi o caso dessa vez.

*O que é que você fez?*

Uma das estantes estava caída. Havia uma avalanche de livros por todo o lado, como se a estante tivesse sido atingida por um raio. *Fiuuu!* Quando o livro que cobria a cabeça do intruso deslizou até o chão, longas orelhas de coelho apareceram entre seus cabelos curtos.

— Você não é daqui.

Moon franziu a testa. Sob seus olhos afiados, a fadiga aumentou. Com certeza aquela situação seria uma grande dor de cabeça.

*De onde será que você é?*

Ele estava com receio de agir sem cuidado. Poderia receber críticas de seus superiores, já que havia interesses em jogo. Sua irritação estava aumentando, então o intruso, que estava ajoelhado no chão, de repente voltou a si, como se tivesse saído de um transe.

— Aqui está a minha credencial.

Ela estendeu um pedaço de papel. Como ela havia dito, era uma autorização de acesso à biblioteca. Ele não conseguia acreditar. Nunca tinha visto ninguém com acesso autorizado.

— Humm.

Moon examinou minuciosamente o papel que ela lhe entregou. Então, como se já soubesse o que iria encontrar, soltou um suspiro. O prazo de validade da credencial não tinha nem pé nem cabeça. Só podia ser falsificada.

— Você veio do futuro?

Se a validade já tivesse expirado, daria para entender, mas a credencial só venceria em um futuro distante. As outras informações estavam corretas, como uma réplica autêntica, mas houve um erro fatal na parte mais importante.

— É, talvez eu tenha vindo do futuro.

Ela assentiu sem nem mesmo hesitar. Sua atitude era tão confiante que ele se sentiu desconcertado. Também havia informações sobre ela na credencial.

*Coelho forte.*

Os protetores de estrelas são conhecidos por serem justos e confiáveis, mas parece que nem todos eram assim. Afinal, existe até mesmo uma coelha como aquela, que mente na cara dura.

— Você terá que passar por uma investigação.

— Por quê? Eu já te dei minha credencial.

Ela sorriu enquanto soltava um riso brincalhão. Por outro lado, a expressão de Moon não era nada boa.

*Será que todo coelho gosta de fazer esse tipo de brincadeira sem graça?*

Ele não conseguia entender como ela podia sorrir enquanto cometia uma ilegalidade. E ainda por cima na biblioteca, onde não era permitido fazer barulho. Definitivamente, não era o lugar adequado para gracinhas.

— Se você não acredita, por que não usa o leitor de falsificação? Está lá no seu refúgio.

As palavras dela fizeram com que Moon franzisse ainda mais a testa. Como ela podia ser tão cara de pau? Apenas queria provar que sabia de tudo, já que havia vindo do futuro.

— Ai, ai…

Todas as bibliotecas tinham um refúgio, e a maioria dos leitores ficava lá. Como o de Moon também estava, ele não se surpreendeu com a afirmação dela. Foi só um palpite acertado.

— Falsificar credencial é crime.

— Eu já disse que não é falsificada!

As mentiras deslavadas o irritavam. Se ele confirmasse que a credencial era falsificada, a punição não seria apenas por entrar ilegalmente na biblioteca. Mesmo os superiores, que eram mais tolerantes com pessoas de fora, teriam que lidar com isso de maneira mais séria. Ainda assim, a intrusa não parecia se importar.

— Vai, verifica logo!

Se fosse outro dia, talvez ele só tivesse ignorado e chamado os agentes de segurança. Mas ele estava exausto, e pior: irritado. Ela podia até não ter noção de que sustentar a própria mentira era como brincar com fogo, mas ele sabia que ela precisava se responsabilizar por isso.

— É a sua última chance. Fale a verdade.

— Essa é a verdade. Eu não quero mentir para você.

Sem desviar o olhar, ela disse essas palavras com tranquilidade, como se estivesse fazendo uma promessa sincera. Moon não conseguia decifrá-la. Com um suspiro profundo, ele criou uma porta que conectava ao seu refúgio. Assim que girou a maçaneta, avisou:

— Espere aqui. Eu já volto.

Quando entrou, desviou-se da enorme muralha de papéis e procurou ao redor. O leitor estava encostado em um canto, coberto de poeira, como uma relíquia.

— Fuuu.

Ele limpou a poeira por cima e colocou a credencial no leitor. O papel foi sugado para dentro da máquina, como se fosse um aspirador de pó. Agora, ele só precisava esperar.

— Estou com fome, posso usar a cozinha?

Moon, surpreso, virou-se em direção àquela voz. A intrusa havia invadido o refúgio também. Ela provavelmente o seguiu antes que a porta desaparecesse. Ele estava com a expressão fechada e fez uma clara advertência.

— Eu disse para esperar.

— E você ia me deixar sozinha? E se a criminosa aqui resolvesse fugir?

Sua cabeça começou a latejar de dor. Depois que alguém entra na biblioteca, não importa para onde fuja – Moon consegue encontrá-lo facilmente com suas habilidades. Mas o que o incomodou mesmo era que ela havia invadido o refúgio.

O refúgio não era um simples lugar para descanso. Era um espaço privado onde os administradores podiam cozinhar, dormir, relaxar e desligar-se das preocupações do trabalho. Ela havia invadido seu território.

— Saia ago...

Ele estava prestes a gritar, mas o leitor emitiu um estranho *bip bip bip*. Devia ser porque estava há muito tempo sem uso. Enquanto Moon lutava com a máquina, um rangido alto de utensílios veio da cozinha.

*Droga.*

Então, o leitor finalmente voltou ao normal. E, como se tivesse combinado, a intrusa saiu da cozinha naquele exato momento. Por um instante, ele suspeitou: *Será que ela usou algum tipo de habilidade especial para causar esse defeito temporário na máquina?*, mas logo balançou a cabeça, afastando aquela ideia absurda. Só calhou de acontecer no mesmo momento. Foi uma coincidência.

— Tinha todos os ingredientes que eu precisava. Fiz um café fresquinho também.

Com um sorriso brilhante, ela colocou o prato que segurava na mesa. O cheirinho doce e atrativo se misturava suavemente com o aroma do café.

— Parece que está muito gostoso!

Bastava dizer que estava gostoso. Por que dizer que estava "muito gostoso"? O jeito dela fazia com que ele se irritasse até com os detalhes mais bobos.

*Bip.*

Finalmente, o resultado da análise saiu, e Moon, brusco, puxou o relatório. Nem havia a necessidade de ler o que estava escrito – ele já sabia a resposta. Agora era só expulsá-la dali. Ele tinha certeza.

*Mas o que…*

Ele caminhou em direção a ela, mas seus passos foram perdendo força à medida que se aproximava da mesa. Ela olhou para ele, segurando o garfo.

— Não era mentira, era?

Com uma cara séria, Moon verificou o resultado várias vezes. Estava claro: a credencial não era falsificada.

Que trabalho mal feito é esse?

O espanto durou pouco. Moon logo concluiu que o funcionário responsável pela emissão da credencial havia cometido um erro. Ele era sempre tão exigente e cheio de si, mas nem sequer foi capaz de colocar a data de validade corretamente. Que ridículo.

— Parece que houve um erro no setor responsável pela emissão. Por favor, retorne o quanto antes e solicite uma reemissão.

— Peça desculpas! O erro foi de vocês, e ainda me trataram como uma criminosa!

— Você mesma devia ter checado se estava tudo certo.

— Me disseram que estava tudo certo, que não tinha nenhum problema! Mentirosos!

Ela soprava e reclamava, mas não parecia estar brava de verdade.

*Ai, que mala…*

De qualquer forma, como a validade estava errada, Moon já planejava enxotá-la dali, mas então ela suspirou e sorriu.

— Se estiver arrependido, coma comigo. Usei a cozinha e os seus ingredientes, então estamos quites.

Ele não estava nem um pouquinho arrependido. Mas como só queria se livrar dela e daquele barulho logo, achou melhor só seguir o ritmo. Se bem que ele estava com fome mesmo...

— De onde você veio?

Moon pegou o registro de visitantes e se sentou. Anotar os dados dela garantiria que, se algo acontecesse depois, teria provas. O setor que havia emitido a credencial seria responsabilizado.

— Eu sou responsável pela Lua. Pode me chamar de Coelha da Lua.

Ela pegou o formulário e, rapidamente, assinou seu nome. Em seguida, lançou um olhar de Moon ao prato – um sinal claro de que ele deveria provar logo a comida.

— É uma panqueca suflê. Na França, "suflê" se refere a um prato feito batendo claras em neve, adicionando ingredientes à sua escolha e assando no forno até crescer bastante. A chave é esta: deixar crescer bastante. Ao contrário da panqueca comum, essa é bem fofinha... Está vendo? Se bem que essa eu não levei ao forno...

Mesmo sendo de fora, ela sabia muito sobre a comida da Terra. Será que é porque a Lua dela ficava perto da Terra?

— Untei a frigideira levemente e cozinhei em fogo bem baixo. Você vai ver... Vai parecer que está comendo uma nuvem.

Enquanto falava, Coelha da Lua já havia comido uma das três panquecas. Assim como havia feito com a primeira, espalhou mel sobre as outras duas. Moon, que não gostava de doces, não estava a fim de comer, mas, ao ver que ela estendia uma das panquecas restantes para ele, teve que pegar o garfo e se forçar a comer.

*Ah, odeio doce...*

Para acabar com aquilo de uma vez, enfiou a panqueca inteira na boca. Ela derreteu na hora como se fosse algodão-doce. O sabor de ovo se espalhou. Apesar de estar coberta por mel, a panqueca não era tão ruim como imaginava.

— Mmm.

E então, algo aconteceu. O cenário mudou num piscar de olhos. *Tchibum!* Seu corpo agora estava submerso em água azul. Mas não era o fundo escuro do mar. Era um espaço claro e transparente. Não se sentia sem fôlego, nem com medo.

Estava simplesmente em paz. Era como se estivesse voando pelo céu. Quando pensou nisso, o ambiente ao redor mudou – parecia mesmo o céu. A água que envolvia seu corpo agora havia se transformado em ar leve. Antes que ele percebesse, estava caindo. Não, estava voando. O céu e a terra de cabeça para baixo. Apesar de estar subindo, mas estar se aproximando do chão. Prédios acinzentados surgiram no lugar do céu azul. Então, foi sugado para dentro de um teto marrom-claro.

— Oi.

Uma voz estranha saiu de sua boca. O mundo de cabeça para baixo havia voltado ao normal, e ele agora estava sentado em uma cafeteria. Sua voz tremia, tanto quanto a mulher sentada à sua frente.

— O que você tinha de importante para me falar?

Ela perguntou com cautela, mas logo sua voz sumiu. Ela sabia o que ele tinha para dizer.

Naquele dia, fazia exatamente um mês desde que se conheceram. O homem arranjava desculpas constantes para vê-la, e ela, mesmo sabendo que eram pretextos vazios, sempre aceitava o convite.

Eram dias sem muito sentido. Eles faziam encontros sem motivo, apenas para comer e ir em cafés. Dias sem sentido, sem propósito, uma perda de tempo. Mas, para o homem, foram os momentos mais emocionantes e especiais em toda a sua vida. Por isso, havia tomado uma decisão.

— É que… bom…

Ele tinha ensaiado tudo, mas seu corpo insistia em tremer. Tateou nervosamente o bolso.

— Queria te dar isso.

Com muito custo, tirou o objeto do bolso. Era uma pulseira simples, nem cara, nem brilhante. Uma que ela havia achado bonita quando passaram por uma barraquinha na rua. Agora, em suas mãos, o presente parecia muito feio e sem graça. A coragem que ele havia reunido de repente desapareceu.

*Melhor deixar para confessar numa próxima, com um presente mais legal…*

Enquanto pensava nisso, ela segurou sua mão. Surpreso, ele levantou os olhos. O rosto dela estava corado, mas ela não desviou o olhar. Um lindo sorriso se abriu naquele semblante ruborizado.

— Obrigada. Vou guardar com carinho.

Mesmo que fosse uma pulseira barata, ela estava feliz como se tivesse ganhado um diamante. Talvez porque, para ela, o sentimento contido no presente brilhava como um.

Ela gostava mais de coisas ternas e simples do que de coisas frias e perfeitas. E, dentro daquele homem, ela percebia essa mesma ternura.

Dizem que se declarar não é "tentar" algo, mas "confirmar" o que já existe, não é? E como o que importava para eles não eram palavras, mas o sentimento, não demorou para que sorrissem um para o outro.

— Huff… huff…

Um tremor o tomava por dentro. A voz que se misturava à respiração ofegante com certeza era a de Moon.

Numa fração de segundos, ele viu muitas coisas. Seus olhos, antes arregalados de surpresa, ficaram afiados e encararam Coelha da Lua.

— O que foi que você fez?

Sua voz era cortante. Moon, que sempre mantinha a compostura, ainda que fria, estava diferente agora.

— Eu te fiz uma pergunta: o que foi que você fez?

*Pow!*

Ele bateu na mesa, e as orelhas de Coelha da Lua se levantaram num salto. Assustada, ela respondeu:

— Só usei os ingredientes que estavam na cozinha.

Ah, não. Moon correu imediatamente para a cozinha. Um objeto ainda estava quente. Não era um fogão nem um forno: era um livro.

— Isso é incrível.

Coelha da Lua estava ali, bem atrás dele, sussurrando. Moon ficou perplexo. Não havia desculpa para aquilo.

— Como um livro pode brilhar assim, hein?

No céu, os livros não podem ser tocados sem permissão. Por isso existem bibliotecas e administradores para protegê-las. Moon era um deles e, se fosse pego mexendo em um livro assim, perderia seu cargo.

— Isso é ilegal, né?

Coelha da Lua perguntou, com um olhar inocente no rosto. Logo depois, soltou um sorrisinho.

— Se descobrirem, vai ser um problemão, né?

*Que deslize. E agora? O que eu faço? O que eu digo? O quanto ela sabe sobre esses livros? Será que tem ligação com os de cima? Devo ficar de boca fechada? Me entregar e contar tudo?*

Dezenas de ideias passaram pela sua cabeça. Nenhuma parecia ter um final bom. Só conseguia enxergar cenários extremos.

— Eu guardo segredo. Mas, por favor, me deixe ficar aqui por um tempo.

Isso foi inesperado. O que será que ela queria? Será que estava tentando roubar algum livro?

— Não vou roubar nada. Por favor, eu só quero ler todos os livros.

— Não.

Uma resposta afiada como uma lâmina. Ter uma credencial não dava o direito de ler qualquer livro da biblioteca. Nem mesmo os administradores podiam ler o que quisessem. Sua função era protegê-los, não usá-los.

O pedido dela ia contra as regras. Mesmo que isso significasse ser descoberto e punido, Moon não podia permitir que um livro fosse utilizado para interesse pessoal.

— Ora, se você mesmo leu!

— Eu…

Moon ia tentar refutá-la, mas se calou. *Clique*. Ele apenas se levantou e criou uma porta. Estava decidido a expulsá-la. Percebendo aquilo, Coelha da Lua segurou a mesa com força.

— Saia.

— Ai, ai! Tá bom, tá bom... Eu fico aqui quietinha! Vou ficar só observando, prometo!

Moon tentou puxá-la com força, mas ela não se mexeu. Aquela garota, antes franguinha, agora exibia braços musculosos agarrados à mesa. Uma coelha forte, exatamente como diziam. Com a testa franzida, ele estalou os dedos, a porta se abriu e uma rajada de vento se formou, tentando sugar a garota. O vento era tão forte que ameaçava arrancar a mesa do chão junto.

— E-espere! Moon! Eu vi o seu livro!

Estátua. Seus olhos vacilaram. Ele nunca tinha dito seu nome para ela. Após um instante de silêncio, Moon estalou os dedos mais uma vez. A porta que sugava Coelha da Lua para fora se fechou, e ela, com o cabelo todo bagunçado, respirou fundo. Seus braços musculosos voltaram à forma original.

— Meu livro?

— Sim, seu livro. Eu o vi.

A história de todas as pessoas se transforma em livro e vai parar na biblioteca. Moon já havia se perguntado, certa vez, se seu próprio livro existiria. Se sim, até onde estava escrito? Já havia um final? E se tudo já estivesse determinado, qual seria o sentido de continuar vivendo? Que tipo de fim o aguardava? Uma pergunta surgia atrás da outra.

— Se me deixar ficar, conto tudo aos pouquinhos. Afinal, se eu contar tudo de uma vez, você vai me botar para fora.

Coelha da Lua falava enquanto olhava para Moon. Não dava para saber se ela estava mesmo dizendo a verdade, mas, mesmo que estivesse, talvez fosse algo que ele não devesse ouvir. A razão gritava para que ele a expulsasse, mas a sensação de angústia apertava seu peito cada vez mais. No fim, Moon desviou o olhar.

— Só por um tempo.

— Sim, senhor!

Compreendendo ou não o peso daquela decisão, Coelha da Lua continuava toda contente. Se tivesse um rabo, como um cachorrinho, provavelmente estaria abanando sem parar. E assim começou uma convivência desconfortável.

— Hmm, hmm, hmm.

Enquanto cantarolava alegremente, Coelha da Lua seguia Moon por todos os cantos da biblioteca, como um cachorrinho feliz. Mas o trabalho na biblioteca não era tão diferente ou fantástico quanto ela esperava.

Com o passar dos dias, o tédio só aumentava. Quase não havia invasores, e o trabalho não era nada corrido. Havia um número fixo de livros que a Biblioteca nº 527 tinha que administrar. Na maior parte do tempo, o trabalho só exigia lidar com papeladas.

Depois de ver Moon sentado por quase seis horas, apenas preenchendo papeladas, Coelha da Lua rompeu o silêncio.

— Já faz uma semana, né? Só um livrinho, vai…

— Não.

Mesmo com ela por perto, Moon seguiu com sua rotina. Mas ela não parecia estar muito satisfeita.

— Não é chato? Fazer sempre a mesma coisa?

— Não.

— Na verdade, não é a mesma coisa, não é? Você está deixando as coisas mais entediantes para me mandar embora logo, não é?

— Não. É igual sempre.

— Mentira! Você nem mexe mais nos livros!

Ela gritou, e Moon correu para tampar sua boca. A voz ecoou pela biblioteca. Não havia ninguém ali para ouvir, mas falar sobre "mexer nos livros" como bem entendesse era arriscado demais. Ele franziu o cenho e a encarou com um olhar afiado, mas Coelha da Lua não recuou e devolveu-lhe o olhar.

— Eu sei de tudo! Você costumava olhar os livros todos os dias!

— E como você sabe disso?

— Porque eu vi no seu livro!

Ele ficou sem palavras. Será que ela leu mesmo? Na verdade, Moon também estava frustrado. A pesquisa, como ela havia notado, estava parada desde que ela apareceu.

— É só fazer seu trabalho de sempre. Eu prometi guardar segredo. Estamos no mesmo barco agora, não é?

— Mesmo barco coisa nenhuma…

— Ai, chega, chega! Só faça logo o seu trabalho! Você também quer fazer, não quer? Então faça de uma vez!

Ela se jogou no chão e começou a fazer birra. Aquilo não tinha fim. A rotina repetitiva tinha enfraquecido demais as defesas de Moon. Então, ele entrou no abrigo.

— Fique quieta. E não toque em nada.

— Sim, senhor! Vou ficar imóvel como uma defunta!

— Ai, ai...

Ele pegou um livro e começou a recitar um feitiço. Suas habilidades não se limitavam apenas a criar portas. As páginas viravam sozinhas, acompanhando sua voz. Cada entonação, grossa ou suave, fazia o livro parar em uma página específica.

O calor começou a aumentar. Moon queria recriar a panqueca suflê que Coelha da Lua havia feito.

— Aqui!

Apesar da promessa de ficar quieta, Coelha da Lua estava ali ajudando. Moon quis repreendê-la, mas se conteve. A prioridade era o sucesso do prato.

Ele separou as gemas, peneirou a farinha, adicionou leite, uma pitada de sal e essência de baunilha. Coelha da Lua ficou responsável pelas claras. Já em sua forma musculosa, ela bateu o merengue com açúcar. Depois, misturou tudo para que a espuma não se desfizesse. Com o calor do livro aquecendo a frigideira, o suflê começou a assar. Depois, com o calor do livro, a frigideira começou a aquecer e assar a massa da panqueca.

— Parece delicioso!

Uma panqueca suflê, bem mais grossa que uma panqueca comum, foi colocada no prato. Com mel por cima, ficou igualzinha à anterior. Moon pegou o garfo com uma expressão vazia no rosto. Cortou um pedaço e o levou à boca.

— ...

Ele ficou sem palavras. Coelha da Lua também provou e sorriu meio sem jeito.

— Está gostoso.

Moon ainda estava em silêncio. O sabor estava bem parecido com o de antes. Não, estava igualzinho. Porém, faltava algo: dessa vez, ele não viu a história. Fragmentos de uma lembrança vaga passavam diante de seus olhos, mas eram tão fracos que pareciam uma ilusão. Não deu certo. O que estava diante dele não passava de uma panqueca comum.

*O que tinha de diferente daquela vez?*

Segurou o garfo com força. Será que tinha sido sorte? Ele realmente achou que daria certo desta vez. Se foi possível uma vez, seria possível de novo.

Achou que finalmente havia desvendado o enigma que tanto o consumia. Mas não. Seu coração, cheio de esperança como um balão subindo aos céus, explodiu com um *pop*.

— Não está satisfeito, não é?

— Você disse que leu meu livro. Por que está perguntando se já sabe?

— Haha.

Era hora de acordar do sonho. Moon decidiu encarar a realidade que tanto evitava.

— Você não se lembra do que está no livro, não é?

Livros que guardam a história de alguém. Não havia como Moon não ter lido. Mas ele sabia bem.

Sabia que havia uma falha cruel: mesmo que conseguisse ler o passado ou o futuro, apenas uma parte do conteúdo permanecia na memória, como um sonho. Mesmo que alterasse o conteúdo, não conseguia lembrar o que ou como havia mudado – nem se havia, de fato, mudado algo. Eram apenas fragmentos dispersos de memória, inúteis.

*Foi só uma ilusão. Como os próprios livros.*

A razão pela qual Moon tentava criar pratos usando os livros era apenas uma: transformar histórias vagas e desfocadas em algo que pudesse ser lido por completo.

Viu pessoas tomadas pelo arrependimento, vozes tomadas pela dor. Mesmo ao entregá-las aos agentes de segurança, jamais lhes revelava a verdade. Não queria destruir a última esperança delas. Em vez disso, tentava criar o que elas realmente desejavam.

Porém, apesar de incontáveis esforços, jamais havia conseguido. Por um momento, achou que a panqueca da Coelha da Lua fosse a resposta, mas estava enganado. Foi apenas uma coincidência.

Talvez, no fundo, sempre soubesse. Porque sempre era assim. Ele ficou longe dos livros por uma semana inteira porque, ainda que fosse só por um momento, não queria despertar da esperança.

Moon não queria mais ver sua esperança sumir de repente, como uma estrela cadente correndo pelo céu. Ele já estava cansado demais.

*Será que apenas guardar esses livros é o certo a se fazer?*

Os livros deviam aparecer por uma razão. Uma opinião diferente daquela de seus superiores começou a brotar em sua mente. Os livros são feitos para serem lidos. Foi o que pensou. Mas aqueles livros ainda eram aleatórios.

— Agora, vá.

Atrás da porta, ouviu-se um som de algo se quebrando. Moon se levantou lentamente e se dirigiu à biblioteca. Enquanto o via se afastando, Coelha da Lua não conseguiu dizer nada. Ela apenas ficou ali, sentada, olhando para as panquecas.

Então, de repente, uma dúvida passou por sua mente. Ela se moveu rapidamente.

— Você ficou sabendo?

A pessoa que falou com Moon era o responsável pela Biblioteca nº 500. Ele disse que passou por ali porque estava resolvendo algo por perto. Com a postura ereta, falou com uma voz animada:

— Parece que um ladrão roubou um livro e acabou se suicidando. Aposto que achou que o livro resolveria tudo, não é? Mas no fim não passava de uma miragem. É engraçado como ainda tem idiotas que acreditam nisso.

Aquelas palavras debochadas cravaram como uma adaga em Moon. Afinal, quão diferente ele mesmo era daquele ladrão? Moon apenas assentiu com um olhar vago.

— Você continua fechado, hein? É porque vive enfiado no trabalho. Então, que tal desta vez vir comigo a uma festa?

— Agradeço o convite, mas terei de recusar.

O responsável da Biblioteca nº 500 ficou desapontado com a resposta seca que recebera. Deu alguns tapinhas no ombro de Moon e foi embora. Moon ficou olhando por um tempo para o lugar onde ele estivera.

*Não passava de uma miragem.*

Aquelas palavras deixaram um gosto amargo na boca de Moon.

— Moon! Eu descobri!

Coelha da Lua só falou com Moon três dias depois. Durante esse tempo, ele voltou à biblioteca e seguiu sua rotina como uma máquina. Foram apenas três dias, mas sua expressão estava bastante abatida.

— Eu descobri, Moon! É a combinação entre o conteúdo do livro e a comida! Eu testei e...

— Você ainda está aqui? Eu disse para ir embora.

— Ah, então... sobre a comid...

— Não estou interessado.

— O quê?

O rosto de Coelha da Lua, que brilhava de expectativa, começou a endurecer. Mesmo assim, ela levantou os cantos dos lábios para forçar um sorriso.

— Moon, escuta. Eu encontrei a solução.

Ela se aproximou dele com cuidado. Nas mãos, carregava um prato com pequenos biscoitos.

— Isso aqui é...

— Eu já disse que não quero.

*Paft!*

O prato caiu de suas mãos. O som do vidro quebrando a assustou, e suas orelhas se arrepiaram. Quando ela rapidamente se abaixou para recolher os biscoitos no chão, Moon a empurrou.

— Você acha que só porque leu um pouco do meu livro sabe tudo sobre mim? No fim, só se lembra de uma coisa ou outra.

*Crec!*

Ele pisou nos biscoitos caídos. O rosto radiante de Coelha da Lua agora estava turvo. A tristeza escorreu de seus olhos avermelhados.

— Vá embora.

Era o que devia ter feito desde o começo. Ele desejava que ela nunca mais aparecesse na frente dele. Era hora de pôr fim à esperança tola que o abalava. Era melhor ficar sozinho. Ele sabia melhor do que ninguém como ficar sozinho.

— Não crie falsas esperanças.

Moon se virou, deixando-a chorando. Mas logo ouviu passos apressados se aproximando. Uma mão o agarrou pelo ombro com força, fazendo-o girar. Então, *slap!* Sua visão clareou com o tapa.

— Pare de agir assim!

Sua bochecha pulsava. Quando levantou o rosto, viu a mão dela tremendo. Se ela tivesse usado seus músculos de coelha forte, talvez a mão não estivesse formigando daquele jeito, mas não foi o caso. E ainda tinha mais por vir. Ele olhou os biscoitos destruídos no chão com desdém e comentou:

— Tudo isso… por uns biscoitos.

— Pare de agir assim com os seus sonhos! Pare de tentar enganar alguém. Pare de mentir para você mesmo!

Sua expressão ficou imóvel. Mas ela gritava sem desviar o olhar, ainda que trêmulo.

— Por que você está desistindo? Porque falhou de novo? Porque a situação parece impossível?

Aquilo era desagradável – a maneira como ela deduzia tudo, sua postura trêmula, ainda que tentasse se conter. E mais ainda a emoção que se contorcia dentro dele, como se concordasse que ela estava certa.

— Você não sabe de nada…

— Sei, sim! Você tem ideia de quantas vezes eu vi você fazendo isso? É o que você sempre faz! Você pensa: "É melhor assim, é mais fácil assado, é o certo a se fazer", e simplesmente desiste!

Ela despejou essas palavras, como se estivessem presas há muito tempo. Embora se conhecessem há pouco mais de uma semana, chorava como quem se libertava de dores antigas.

— Os seus sentimentos e os seus sonhos importam! Não aja como uma máquina, buscando o "melhor" e o "ideal"! Pare de tentar se afastar das pessoas. Se não estiver bem, diga que não está. Se estiver feliz, sorria. Isso não é ser fraco!

Enquanto essas palavras saíam dos lábios dela, mais avermelhados que seus olhos, um sentimento estranho despertava dentro dele. Ela expunha a fraqueza que ele sempre tentara ignorar.

— Todo mundo precisa de ajuda de vez em quando. É assim em todas as histórias. Às vezes, você precisa de um sapatinho de cristal, ou da ajuda de ratos para costurar um vestido.

Ela abaixou a cabeça, tomado pela tristeza. Sua voz, sufocada, saiu como um sussurro.

— Então, me deixe ajudar. Eu estou aqui por você. Nos contos de fadas, o milagre acontece justamente no momento de maior desespero, quando somos traídos pelo próprio esforço, quando já não enxergamos mais nada adiante. Se conseguirmos atravessar esse caminho, um final feliz estará esperando por nós. Não dá para a história parar no meio, concorda?

Houve um breve silêncio. Na cabeça dele, surgiram respostas apropriadas. Contra-argumentos lógicos, razoáveis, embora afiados. Bastava verbalizá-los.

— ...

Mas, por alguma razão, ele não conseguiu dizer nada. Ela se afastou, enxugando as lágrimas das bochechas com a manga da blusa. Ele continuou ali, parado, imóvel. Apenas abaixou o olhar.

*Crec!*

Ele olhou para os pedaços quebrados de biscoito debaixo de seus pés. Abaixou-se devagar e colocou um pequeno pedaço na boca.

*Crunch!*

Surgia uma leve esperança. Mas durou pouco. Desapareceu no ar como fumaça. Foi um fracasso. O gosto na língua era amargo demais.

O espaço da biblioteca era feito exclusivamente para os administradores. O refúgio, que pertencia somente a Moon, ainda exibia vestígios estranhos aqui e ali. Ele passou pelos livros abertos de qualquer jeito e se jogou na cadeira diante da bancada de trabalho. Ele vivia tanto ali quanto na biblioteca, mas parecia fazer muito tempo que não se sentava sozinho, em silêncio.

*O que é que eu queria?*

Fechou os olhos e se afundou em pensamentos. Era tão estranho e deslocado quanto procurar uma joia numa sala empoeirada. Mas pelo menos conseguia se lembrar por que quis ser administrador. Foi pelo sonho infantil de punir os malfeitores e pela fama da profissão, tão desejada por muitos. Talvez os problemas tenham começado aí: os invasores que capturava estavam longe da imagem que ele imaginava.

Pessoas que se arrependiam do passado, que haviam perdido entes queridos, que sofreram acidentes infelizes. Seus apelos sinceros eram desconcertantes. Moon até chegou a pensar que gostaria que fosse possível apagar a infelicidade dos livros. Se ele sentia isso, imagina os invasores? Foi por isso que mexeu nos livros.

Mas, ao contrário do que imaginara, o resultado foi desastroso. Ele mal conseguia olhar o conteúdo, muito menos alterá-lo. O tempo foi passando. Ele tentou várias maneiras de dar forma às histórias. E depois de muitas tentativas, descobriu como colocá-las em comida. Ele trabalhou duro para encontrar os ingredientes certos.

Mesmo nesse processo, continuava entregando os invasores suplicantes aos agentes de segurança. Reprimir as emoções não era mais tão difícil quanto no início. Era o que fazia todos os dias. Era mais fácil agir como se não ouvisse do que se permitir sentir empatia.

*Será que faz algum sentido?*

Ouviu do responsável pela Biblioteca nº 500 que uma pessoa roubou um livro e depois cometeu suicídio. Ele se questionou: *Será que vale mesmo a pena ver o conteúdo dos livros?* O trabalho que fazia parecia inútil, sem valor. Estava prestes a desistir.

*O milagre acontece justamente no momento de maior desespero.*

*Não dá para a história parar no meio, concorda?*

As palavras de Coelha da Lua ainda ecoavam em seus ouvidos.

*E se um milagre acontecer, o que muda?*

Sua vida continuaria a mesma. Capturar invasores, entregá-los aos agentes de segurança, impedir que alguém lesse os livros. Esse era o seu trabalho.

*Os seus sentimentos e os seus sonhos importam.*

Lembrou-se de Coelha da Lua, gritando com os olhos cheios de lágrimas. A expressão era cheia de emoção.

Emoção, emoção, emoção. Ruminou essa palavra. E então, como se alguém sussurrasse em seu ouvido, compreendeu.

*Será que o que eu queria mudar não era a minha própria história?*

Achava que tinha feito tudo por compaixão àqueles rostos desolados. Como um bom samaritano. Como um salvador oferecendo a luz no fim do túnel. Mas não. Ele não queria consolar; ele só queria ser consolado.

Virou a cabeça lentamente, como se estivesse possuído. Ao lado das migalhas de biscoito na mesa, um livro desgastado chamou a sua atenção. Sem dúvida, obra da Coelha da Lua. Um livro que não deixava mais que fragmentos de emoções, e, ainda assim, ela o lera inúmeras vezes.

O título era *O menino que via demais*. Começou a ler, devagar.

— Urgh.

Fechou o livro ao terminar a última página. A história foi embora junto. A sensação do livro, ainda que vagamente presente, era horrível. Seu rosto se contorceu sem que percebesse.

*E ela leu isso várias vezes?*

Não conseguia entender. Mesmo relendo, o conteúdo não permanecia, apenas uma sensação desagradável de desconforto. Por que ela insistiu em ler isso?

*Sei, sim! Você tem ideia de quantas vezes eu vi você fazendo isso?*

Será que seu próprio livro passava essa mesma sensação? Os dias em que afastava todos à sua volta... Bem, talvez o seu não fosse muito diferente daquele livro. E foi esse pensamento que o fez voltar à leitura.

— Argh.

Sentiu o mesmo da primeira vez. O conteúdo não vinha à mente, só o gosto amargo daquela sensação desagradável permanecia na boca. Ainda assim, abriu o livro de novo. E de novo. Quanto mais lia, mais vívida e específica ficava a dor. Uma cena permaneceu na sua mente mesmo depois de fechar o livro. Então ele leu e releu.

Um menino desolado olhava para a foto do funeral de sua mãe, que sorria gentilmente. O menino, que não enxergava, tocava piano. Ele cresceu, teve um breve sucesso, mas logo perdeu tudo e pôs fim à vida. Ao final, não restava nada ao seu lado.

— Bleargh.

Quantas vezes já havia lido aquele livro? Moon acabou vomitando aquele sentimento ruim na pia. Mesmo assim, retornou ao livro. Depois de ler várias vezes, entendeu que era um livro com um final terrível.

*Eu descobri, Moon! É a combinação entre o conteúdo do livro e a comida!*

Agora ele entendia por que os biscoitos da Coelha da Lua eram tão amargos... Mas ainda eram doces demais para conter toda a tristeza daquele livro.

*O que poderia ser, hein?*

Ele fuçou a despensa. Um alimento procurado quando se está triste, um ingrediente que combine com dor... Ginseng? É amargo, sim, mas quente demais para combinar com a tristeza. O que mais era amargo?

*Quase tudo que é amargo é líquido...*

Pensando bem, precisava mesmo ser comida? E bebida? Café americano? Não, talvez seja mais como um expresso. Então, seus olhos miraram numa bebida alcoólica que ele usava para tirar o cheiro ruim do abrigo.

*Uma bebida que te conforta quando você está triste e te deixa ainda mais animado quando você está feliz.*

Álcool. Era perfeito. Antes que a amargura na boca passasse, Moon já tinha corrido para a prática.

Preparar os ingredientes não foi difícil. Com sua habilidade, tudo estava ao alcance com um estalar de dedos. O desafio era acertar a proporção do álcool e chegar ao sabor ideal. Por isso, passou um bom tempo indo de um lado para o outro até dominar o método.

Assim, mais um mês se passou. Ele se dedicou aos testes, ainda que negligenciando a gestão da biblioteca. Misturava álcool com água gaseificada e fervia o líquido com o calor do livro. Camadas de cores do arco-íris se formavam no copo. Moon o aproximou do nariz e sentiu o aroma. Em seguida, tomou a bebida. *Gulp, gulp*.

— Ahhh!

Era um sucesso. Mas a felicidade de finalmente ter conseguido não durou muito. O sofrimento e o desespero do livro logo tomaram conta dele. Moon percebeu que havia negligenciado um ponto crucial: o conteúdo do livro.

Ele havia se concentrado nos ingredientes e métodos de preparo, mas não deu atenção à história. Agora, tudo estava diferente. O livro, que antes lhe causava repulsa, parecia estar mais próximo dele, e ele queria ajudar o protagonista. Moon nunca teria percebido isso se não fosse pela Coelha da Lua. Ele guardou o copo e se preparou para sair. Queria expressar sua gratidão a ela.

*Coelha da Lua.*

Ele fechou os olhos e a imaginou. Orelhas longas. Cabelo curto. Um rosto que sorriu brilhantemente, que derramou lágrimas. Lábios vermelhos. Tentou recordar de suas palavras e de seu tom de voz. De repente, uma porta apareceu à sua frente. Era a passagem que o conectava a ela. A porta se abriu, e ele avançou.

— Moon!

Ao vê-lo, Coelha da Lua arregalou os olhos. Suas mãos estavam algemadas, e dois agentes estavam ao seu lado. Tudo indicava que se preparavam para um julgamento. Sem graça, ela tentou se justificar.

— Bem, isso aqui… foi tudo um mal-entendido. Sabe como é, não é?

*Deve ter sido pega fazendo besteira por aí.*

Moon não ia à biblioteca há um tempo, então não sabia o que tinha acontecido. Mas não importava.

— Há uma história que eu quero ajudar. De um garoto que perdeu a visão após um acidente e, por suas ações erradas, perdeu tudo. Me ajude.

— Hein?

— Eu quero mudar o conteúdo do livro.

Os dois agentes, surpresos com a presença de Moon, ficaram ainda mais alarmados com o que ouviram. Eles sabiam quem ele era: o administrador mais famoso por suas habilidades excepcionais. Os dois estavam de plantão na cerimônia de premiação de Moon, inclusive. Como assim ele queria mudar o conteúdo de um livro? Eles estavam sem saber como reagir, mas não Coelha da Lua, cujo rosto se iluminou.

— Tem certeza? Isso é completamente diferente de tudo que você fez até agora.

— Se eu não começar hoje, como mudarei o conteúdo do livro?

Ele era duro na queda. Coelha da Lua foi animada até ele. Para ela, aquelas algemas eram como um brinquedo.

— Até que você chegou rápido. Se tivesse demorado mais, eu não teria ido.

Os dois desapareceram pela porta, deixando os agentes suando frio para trás. Moon perderia sua autoridade como administrador devido a isso, mas ele não se importava.

Os dois se deram bem, mas logo começaram a discutir. Em outras palavras, tornaram-se muito próximos.

Moon começou a entender por que Coelha da Lua sempre dizia "vai ficar bem gostoso" em vez de "vai ficar gostoso". A palavra "bem" indicava algo um pouco mais do que o normal. Não era algo extremamente bom, mas um pouco melhor do que a média. Ele gostou disso.

— O que tiver que acontecer, vai acontecer. Qual o sentido de se esforçar?

Enquanto Moon elevava o tom, a Coelha da Lua respondia calmamente.

— Ainda que dê na mesma, as emoções podem ser completamente diferentes.

— Isso é só acomodação.

— Há coisas que gostaríamos que nunca mudassem.

Ver o conteúdo do livro e mudá-lo eram coisas completamente diferentes. Após inúmeras falhas, se Moon estivesse sozinho, provavelmente já teria deixado tudo para lá, mas ele tinha a Coelha da Lua ao seu lado para compartilhar seus pensamentos.

— Isso não é suficiente, você sabe!

— Moon, você está levando isso a sério demais. Se estava tentando me magoar de novo, conseguiu.

Ela sabia como mexer com Moon. Ele se acalmou, se inclinou na cadeira e fez uma pergunta para esfriar a cabeça.

— Há algo que você gostaria que não tivesse mudado no meu livro?

Ela assumiu uma expressão pensativa, com um sorriso travesso e olhos de raposa. Era sempre com esse olhar que fazia comentários que ninguém sabia ao certo se eram brincadeira ou coisa séria.

— Claro que sim.

— O quê?

— Abrir uma loja comigo e ser feliz trabalhando nela.

— Uma loja?

Com uma expressão séria, ela entregou uma proposta a ele. Era um relatório bem simples, mas o propósito era claro: abrir uma loja que vendesse histórias.

— Está brincando que viu isso no livro, não é?

— Hummm...

— Sem chance.

Moon levantou argumentos sólidos sobre os riscos desse empreendimento.

— Ah, mas por quê?! Vamos! Por favooor!

Mas sua falta de lógica era forte o bastante para derrubar todos os argumentos plausíveis de Moon, e os dois tiveram uma longa discussão.

Naturalmente, a vencedora foi Coelha da Lua. Ele não sabia o que fazer quando ela se jogava no chão fazendo birra.

— Você sabe que desviar da linha do tempo é ilegal, certo? Quem sabe o que pode acontecer...

Combinar o calor dos livros e os ingredientes certos não era tarefa fácil. Às vezes, coisas inesperadas aconteciam.

Certa bebida, por exemplo, surgiu por acaso. Coelha da Lua, brincando com os ingredientes preparados por Moon, fez uma mistura com o que achava que havia direito e, sem querer, criou uma bebida capaz de fazer alguém encontrar o próprio eu do futuro. Era algo que parecia ter o potencial de mudar uma história, mas também carregava muitos riscos. Por isso, Moon já a havia advertido várias vezes para não tocar naquilo.

— Ah, está tudo bem! Não dá em nada. Eu sei, eu vi.

— E como é que você vê o que vai acontecer no futuro?!

Ela ignorou todas os avisos e entregou a bebida para um jovem. Se Moon estivesse lá, teria impedido, mas infelizmente ele tinha saído.

— Não é por acaso neste mundo. Deve ter havido um motivo para aquela bebida ter sido criada. Eu acho que ela foi feita para aquele jovem que acabou de sair.

— Com base em quê?

— Bom, ele chegou bem no momento em que eu preparei a bebida.

— Isso não é um motivo.

Ela sempre causava problemas, mas, dessa vez, Moon ficou realmente bravo. Ela ainda queria continuar explicando, mas ele entrou na sala com um estrondo. *Pá.* Suas orelhas, que se ergueram com o susto, logo murcharam.

— Fuuu.

Moon folheava sozinho, num canto apertado, livros sobre leis universais. As páginas estavam cheias de termos difíceis, com "desvio da linha do tempo" e "Teoria da Relatividade".

*Toc, toc.* Bateram na porta, mas ele não se virou para olhar.

— Ainda está bravo?

— Aham.

Foi o que respondeu, mas a irritação já tinha passado. Estar "bravo" era só sua posição oficial.

O tempo é uma coisa estranha. A raiva sobe até a cabeça e, eventualmente, desaparece. Coelha da Lua se aproximou, com passinhos cautelosos, e se sentou ao lado dele.

— Sabe por que eu desci da Lua?

Moon não respondeu, mas, mesmo com os olhos no livro, prestava atenção no que ela dizia.

— Antigamente, as pessoas faziam pedidos à Lua. Eu ajudava de vez em quando, sabe? Mas nem sempre dava certo. Às vezes, o que eu fazia acabava gerando problemas ainda maiores. Comecei a achar que ajudar talvez tivesse sido um erro meu, afinal, as pessoas tinham força suficiente para resolver os próprios problemas.

Era a primeira vez que ele ouvia essa história. Ao virar ligeiramente o rosto, viu os lábios dela, pequeninos como cerejas, entre os fios do cabelo curto.

— Então, decidi só observar. E, com o tempo, menos gente passou a fazer desejos. Triste, não é? As pessoas nem olhavam mais para o céu.

As pessoas de hoje raramente olham o céu, seja de dia ou de noite. Elas até resolviam suas questões, mas eram tantas que não sobrava força para olhar para cima.

— Pensei que, se a Lua ficasse mais bonita, talvez elas voltassem a olhar. Quando era pequena, meu sonho era ser estilista de estrelas, como as fadas. Então deixei a Lua para buscar materiais.

Ela sorriu para ele – e, pela primeira vez, aquele rosto de travessa parecia um pouco mais maduro.

— Aquele jovem sempre olha pra Lua. Foi por isso que dei a bebida para ele. Foi meio que um encontro de destino, não acha?

— Que desculpa convincente, hein?

Ele falou com ironia, mas sua expressão ficou mais suave. A raiva já tinha ido embora.

— Então por que foi à biblioteca, em vez de só procurar material para decorar as estrelas?

Foi uma pergunta leve para Moon. Mas, assim como Terra e Lua têm gravidades distintas, para Coelha da Lua soou um pouco mais densa.

Ela pensou por um tempo, e depois respondeu com outra pergunta.

— A vida não parece mais com uma pista de corrida do que com uma estrada com destino?

— Como assim?

— Se a vida fosse como uma estrada, então a cada passo a gente deveria estar mais perto do nosso destino, certo? Se algo bom acontecesse, tudo ficaria feliz, e se algo ruim acontecesse, tudo ficaria triste. Mas não é assim. A gente fica triste, depois feliz, e depois triste de novo. É como a Terra e a Lua. Ou a Terra e o Sol. Parece que tudo muda, mas na verdade só ficam girando em círculos.

Era uma perspectiva diferente, embora não o comovesse de imediato. Recostou-se na cadeira e decidiu pensar como ela. De olhos fechados, se visualizou correndo por uma imensa pista de corrida.

— Isso é tão sem sentido...

— Por quê?

— Nada muda. Não importa o quanto você corra, não chegará a lugar nenhum. No final, só cairá no chão de exaustão.

— Mas e as outras pessoas que estão na pista também? Algumas começaram antes de você, outras depois. Porém, se você continuar, no fim todo mundo se encontrará no mesmo ponto, não?

Moon imaginou muitas pessoas correndo com ele.

— O importante não é a velocidade com que você corre, mas com quem você corre.

Foi aí que ele abriu os olhos – e cruzou o olhar com o dela. Teria sido impressão? Coelha da Lua, que balançava a cabeça animada, parecia ter ficado corada.

— Moon, lembra da primeira vez que comeu panqueca suflê?

Ele se lembrava bem do choque que havia sentido, mas a conversa daquela época já estava meio apagada da memória. Lembrou-se vagamente de um casal sentado timidamente num café.

— E se eu não quiser confirmar, só tentar?

A pergunta se referia ao casal daquela lembrança. Mas ele, como sempre, não entendeu. Ela suspirou e, trocando de assunto, entregou algo a ele.

— O que é isso?

— Ué, se vamos abrir um negócio, tem que ter crachá!

Ela prendeu um crachá no peito dele, com o nome "Moon" escrito. Depois apontou para o dela.

— Leia o meu!

— Bo-reum. Lua Cheia.

O mau humor desapareceu de vez, e ela abriu um grande sorriso.

— Só quem conhece a loja entende o nome. Moon e Bo-reum. Lua e Lua Cheia.

— E quem não conhece?

— Vai ver só "Moon e Coelha da Lua".

Foi assim que a loja começou.

*Da Lua à Lua Cheia* termina aqui.

Bo-reum se levantou num pulo. Parecia ter acabado de acordar de um sonho, com mãos e pés atrapalhados.

— Acordou?

Coelha da Lua olhou ao redor. O espaço não era grande, tinha algumas mesas aqui e ali. As paredes, iluminadas pela cor avermelhada do fim de tarde, tinham um cheirinho de livraria antiga. Estava de volta à loja.

— O que aconteceu?

Ela tentou se lembrar. A biblioteca. O livro que encontrou. A sombra repentina que a engoliu, mais forte até do que seus músculos de coelha forte.

*Parecia que eu estava sendo sugada para algum lugar.*

Não se lembrava do que havia acontecido depois disso.

— Não me deu ouvidos e se meteu em encrenca de novo.

Ela havia tocado no livro ao mesmo tempo que escutava o aviso de Moon. Sabia que tinha feito besteira, mas ainda assim se sentia um pouco injustiçada.

Se ele tivesse avisado antes, ela teria sido mais cuidadosa. Fazendo um beicinho, Bo-reum resmungou:

— "De novo"? E quando foi que eu me meti em encrenca?

Moon apenas deu uma risadinha. Mas havia algo estranho. Por alguma razão, aquele rosto brincalhão de sempre lhe pareceu diferente. Será que ele sempre foi tão suave assim? Uma sensação vaga começou a surgir dentro dela.

— Eu vi o seu livro.

O som dos pratos sendo lavados cessou. Moon virou-se lentamente para encará-la. Coelha da Lua, com a expressão franzida, tentava juntar os estilhaços de memórias.

— Já trabalhou com outra coelha forte antes?

— Sim.

— Eram um casal?

Seu rosto já não estava tão calmo. Ela continuou com as perguntas.

— Por que nunca contou? Me apresenta ela.

— Faz tempo que não temos contato. Ela foi embora.

— Hã? Vocês terminaram?

Ela já havia perguntado sobre términos uma vez. Lembrou-se do olhar melancólico que ele mostrara naquela ocasião.

— Bem, quer dizer…

Enquanto ele se mantinha sereno, os olhos dela estavam inquietos, como se tivesse cometido um erro. Quando Moon a encarou, seus olhos começaram a oscilar.

— Por que vocês terminaram?

A mente dela gritava "Não pergunte isso!", mas a curiosidade foi mais forte. Ela olhou para os lábios de Moon, que se moveram por conta própria, como se estivessem prestes a abrir uma caixa proibida.

— Ela precisava voltar. Era inevitável.

Com os olhos semicerrados, ela não estava satisfeita com a resposta.

— Que tipo de desculpa é essa? Quem gosta, fica!

Ela veio de um tempo muito distante. Era como estar no lado oposto da pista de corrida.

— Que papo é esse?

— Era alguém que morava muito, muito longe... Só isso.

— Qual é! Então como vocês se conheceram?

Ela o seguiu até a cozinha, jogando mais e mais perguntas no ar.

— Por acaso. Igual ao surgimento da Terra. Um pequeno desvio e seria quente ou frio demais para a existência de vida. Mas, por alguma obra do destino, a gente estava exatamente onde precisava estar.

— De novo essa história de acaso que vira destino?

Moon apenas sorriu. O que ele dizia continuava parecendo um enigma para ela.

— Então foi um adeus triste, não é? Você não lamentou?

— Lamentei, sim.

— Então devia ter ido atrás dela!

— Não tinha como.

— Vou te contar, viu! Será que ela não estava só te usando?

Moon, enquanto virava a frigideira, caiu na gargalhada. Coelha da Lua ficou envergonhada – ele nunca havia rido tão alto antes.

— O que foi tão engraçado assim?

— É que talvez você tenha razão. Vai ver ela me usou mesmo.

*Então você devia sentir raiva, não ficar rindo!*, ela pensou, enquanto ficava sem entender bulhufas.

— O que ela disse antes de ir embora?

*Vamos nos encontrar de novo.*

A lembrança do rosto dela, todo molhado de lágrimas, se sobrepôs ao rosto de Coelha da Lua naquele momento. Como esperado, eram idênticos.

— Pronto.

Uma panqueca que, ao contrário do suflê, não precisava ir ao forno. Ele colocou três panquecas fofinhas e douradas no prato, que Coelha da Lua não parava de encarar. Do que quer que estivesse conversando, já não se lembrava mais.

— O que é isso?

— Experimenta. Vai estar bem gostoso.

*Ué, se é gostoso, é gostoso, então por que "bem" gostoso?*, pensou ela, mas, diante daquele cheirinho, ela nem queria saber de retrucar.

— Uau, que delícia!

O sabor tomava conta da boca. Era uma panqueca tão fofa e rechonchuda que lembrava uma lua cheia. Coelha da Lua comeu uma panqueca, e Moon comeu outra. Os dois se olharam para decidir quem ficaria com o último pedaço no prato, quando o sininho da porta tilintou.

*Trimm.*

— Olá! Boas-vindas à nossa livraria de bebidas!

Dando um tapinha na roupa, Coelha da Lua correu com o cardápio nas mãos para receber o cliente. Agora, sem a ajuda de Moon, ela já sabia escolher sozinha entre os dois cardápios da casa. Apenas pegava o que sua mão alcançava primeiro e ia receber os clientes.

O importante não era o cardápio, mas seu sorriso radiante.

# HISTÓRIA OCULTA

Trimm.

Com o som da campainha na porta da loja, Moon congelou no lugar.

— Ainda estão abertos?

Sua aparência estava um pouco desleixada, especialmente seu chapéu. Ela parecia uma gata amedrontada, olhando ao redor, e Moon a observava em silêncio.

Sem uma resposta e incomodada com o olhar, ela deu de ombros.

— Bom, se não…

— Não, entre, por favor.

Ele se apressou em falar, mas parecia desconfortável, como se seu corpo estivesse congelado. Não era de se admirar, pois ela o fazia se lembrar de alguém que havia partido há muito tempo.

Não era apenas parecida. Não importava quantas vezes ele olhasse, ela era Bo-reum.

— Ok.

Ela, que havia hesitado se deveria ou não entrar devido à atitude estranha de Moon, finalmente se sentou em um canto da loja. Ela queria beber, mas preferia evitar lugares muito movimentados, e aquele parecia perfeito para ela.

— Aproveite com calma.

Em vez de uma bebida com uma história, ele lhe serviu uma bebida simples. Ele queria ouvir a história dela.

— Opa!

Ela bebeu como se fosse água. Na verdade, nem água se toma daquele jeito. Engoliu tudo de uma vez, e, em pouco tempo, seu rosto ficou vermelho.

— Malditos. Malditos humanos! Que vida social, o quê... Que todos se danem!

O chapéu que ela estava usando caiu de sua cabeça e, conforme ela se mexia, suas orelhas de coelho seguiam seus movimentos.

— Eu me esforcei tanto...

Com uma cara de choro, ela continuou a reclamar. Falava sobre como desceu da Lua e como seu sonho era ser estilista de estrelas. Ele então percebeu: ela não era a Coelha da Lua que ele conhecia. Era uma versão muito mais antiga.

Foi como alinhar uma linha do tempo distorcida. Ela, vinda do futuro, havia partido, e agora Moon a reencontrava na mesma linha temporal onde já tinha feito memórias com ela. Ele carregava muitas lembranças, mas ela não o conhecia.

— Você sempre é tão inesperada...

Moon murmurou baixinho. Uma voz que ela não conseguiria ouvir, pois estava bêbada, deitada na mesa.

— Tenho tantas coisas para dizer... Como você consegue mentir tão bem? Sempre assim, sempre assim. Não foi o livro que fez você me conhecer, foi?

Mesmo que Moon falasse, a bêbada não o ouviria. Ela estava em uma situação difícil e mal conseguia suportar os próprios problemas.

Moon fez uma pausa e, depois de um longo silêncio, disse:

— Eu vou deixar passar. Como sempre.

— Eu trabalho muito duro, consigo fazer qualquer coisa.

Mesmo que estivessem no mesmo espaço e tempo, não estavam conectados. Para falar com ela, Moon precisava varrer a poeira de seu coração.

— Eu acredito.

Ela levantou a cabeça quando ouviu uma voz falando com ela.

— Eu acredito que você veio da Lua, e que você é uma coelha forte.

Ele só pensava em como tudo aquilo era impressionante, e se virou. O crachá que ele havia guardado por tanto tempo finalmente encontrou sua verdadeira dona – aquela que o presenteara.

— Você quer trabalhar aqui?

As orelhas balançaram junto com sua cabeça.

— Sim! Eu sou muito boa no que faço! Se for algo que envolva força, pode deixar comigo!

Foi quando as pistas de corrida de Moon e Bo-reum se tornaram a mesma.

# Nota do autor

*Você faz coisas diferentes parecerem tão naturais.*

Foi o que Coelha da Lua disse a Moon em certo momento. Era ele quem criava coisas misteriosas. Mas Moon não pensava assim.

Bebidas que permitiam ver o futuro, que acalmavam a mente, e até mesmo magia.

Para ele, nada disso era especial. Se alguém lhe perguntasse, diria que o que realmente importa é compartilhar as preocupações de um amigo ou oferecer consolo quando alguém está passando por uma situação difícil.

O amor de um pai por um filho, a luta por um sonho, a descoberta da felicidade na própria vida. Especial mesmo é seguir o seu caminho em silêncio, seguro do olhar alheio.

Assim como desejamos que coisas mágicas aconteçam, Moon também deseja que isso aconteça com as nossas vidas. Por isso, sinta-se apoiado – você, que passou por tantos encontros e desencontros.

Obrigado por se juntar a nós, ainda que por pura coincidência.

*Aqui, onde as coincidências viram destino. Onde você é sempre recebido com um sorriso. Boas-vindas à nossa livraria de bebidas!*